사령왕 카르나크 13

2024년 6월 14일 초판 1쇄 인쇄
2024년 6월 19일 초판 1쇄 발행

지은이 임경배
발행인 김관영

기획 박경무 강민구 임동관 조익현 최시준 신정윤
책임편집 백승미
마케팅지원 유형일 장민정

발행처 (주)로크미디어
출판등록 2003년 3월 24일
주소 서울시 마포구 마포대로 45 일진빌딩 6층
Tel (02)3273-5135 Fax (02)3273-5134
홈페이지 rokmedia.com E-mail rokmedia@empas.com

© 임경배, 2023

값 9,000원

ISBN 979-11-408-2316-1 (13권)
ISBN 979-11-408-1400-8 04810 (세트)

ROK
MEDIA
로크미디어

사령왕 카드마크

13

임경배 판타지 장편소설

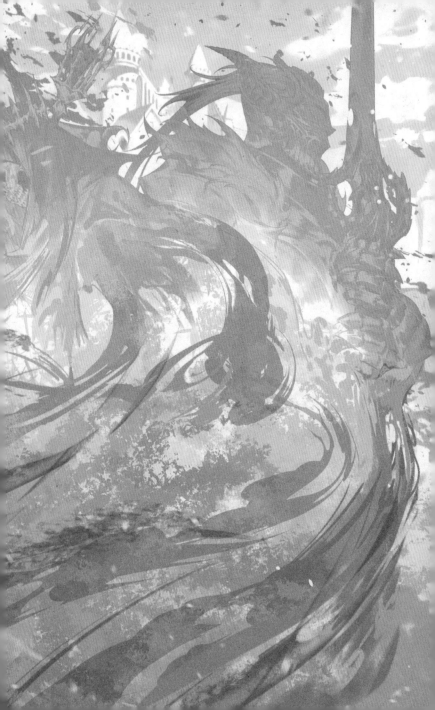

CONTENTS

용의 섬

용의 섬이라는 단어를 들었을 때만 해도 카르나크는 전혀 믿지 않았다.

'남해에 용이 살았었다고? 말도 안 되는 소리.'

모든 용들은 대륙 극동부, 요정족과 영역을 공유하는 드래곤 랜드 근처를 떠나지 않는다.

인류의 생활 영역과 가장 가까운 곳에 거하는 용의 레어조차 수백 킬로미터는 족히 떨어져 있다.

왜 용들이 저런 서식 습성을 보이는지에 대해서는 아직 밝혀지지 않았다. 학계에서 여러 가설을 세우긴 했지만 명확한 답을 내려 주는 것은 없었다.

다만, 카르나크는 이유를 알고 있었다.

'그야 드래곤 랜드 중앙에 용황제가 잠들어 있으니까 그렇지.'

가장 오래되고 강력한 용, 그라테리아의 존재가 다른 용들의 본능을 자극해 곁에 머무르게 만드는 것이다.

'잠깐, 그렇다는 건 이 세계에도 용황제는 존재한다는 건가?'

실제로 이 세계의 지도에 드래곤 랜드란 지명이 있는 걸보면 별로 다르진 않을 것 같다.

하여튼 그런 이유로 카르나크는 저 용의 섬이 진짜가 아니라고, 보나 마나 시골뜨기들이 주워섬기는 흔해 빠진 민담같은 것일 뿐일 거라 생각했다.

그런데 알고 보니 꼭 그런 것만은 아니었다.

"용이 이 근처에서 살았냐고? 그렇진 않았고."

용이 살았던 섬이라서 용의 섬이 아니었다.

용이 죽고 그 뼈가 남아 있는 섬이라서 용의 섬이라 불리고 있었다.

"이 근처에선 제법 유명한 전설이라네."

아득한 옛날, 이름 모를 고룡 하나가 남해에서 목숨을 잃었다고 한다.

정확히 몇 년 전인지, 어떤 연유로 드래곤 랜드를 떠나 남해까지 오는지, 대체 무슨 일로 죽음을 당했는지 등은 전혀알려지지 않았다.

"그렇게까지 자세하게 이야기가 남아 있으면 전설이 아니라 그냥 역사 아니겠나?"

하여튼 저 오래된 용은 태피얼 군도의 한 섬에서 죽어 시체를 남겼다.

그 드래곤 본이 화근이었다.

워낙 강력한 용이다 보니 그 권능이 죽은 후에도 계속 머무르고 있었다. 그 탓에 시체가 위치한 섬 전역에 기이한 현상이 속출하기 시작했다.

온갖 마물이 창궐하고 기후가 헝클어지고 인간을 현혹하는 안개가 사시사철 내내 끼게 되었다.

근처를 항해하는 뱃사람들은 그 일대를 악마의 섬이라 부르며 두려워했다.

"이때까지만 해도 아직 용의 섬이라 부르진 않았다네."

저 현상이 드래곤 본 때문에 일어난 일임을 알게 된 건 대략 50여 년 전의 일이었다.

한창 헌터 길드가 모험가 길드로 이름을 바꾸고 다양한 활동을 벌이던 때였다. 모험가의 숫자 역시 대륙 전역에 걸쳐 크게 늘어났다.

대륙 곳곳의 던전과 유적을 탐험하는 여러 모험가들에게 저 '악마의 섬'에 대한 이야기는 실로 매력적이었다.

"강력한 전사와 마법사, 성직자가 팀을 꾸려 속속 악마의 섬 탐사에 나섰다고 하지."

노인의 이야기를 듣던 레번이 이해가 간다며 고개를 끄덕였다.

"과연, 그리고 모두 죽었나 보군요?"

모두 죽었으니까 세상엔 알려지지 않았겠지.

이런 생각으로 던진 질문이었는데 노인이 고개를 저었다.

"아니, 모두 살아서 돌아왔다네."

"네?"

용의 섬에서 일어나는 일들은 분명 기이했지만 용감한 모험가들의 발길을 막을 정도는 아니었다.

그들은 섬 전역을 탐사하고 이 현싱이 드래곤 본 때문에 일어나는 것임을 확인했다. 그리고 돌아가 모험가 길드에 그 사실을 보고했다.

이후 꽤나 많은 모험가들이 용의 섬을 찾아 이곳, 태리스터 항구로 향했다.

다들 배를 빌려 태피얼 군도로 향했고, 용의 섬을 탐사한 뒤 돌아왔다고 한다.

여기까지 들은 세라티와 바로스가 서로를 바라보았다.

"꽤나 많은 모험가들이……."

"……탐사한 뒤 돌아왔다고요?"

미심쩍어하는 두 사람의 반응에 노인이 인상을 썼다.

"뭐가 이상한가?"

"그런데 왜 세상엔 이렇게 알려지지 않았습니까?"

"그러니까 비밀의 섬 아니겠나?"

"아니, 그런 문제가 아니라……."

뭐라 설명해야 할지 애매해 바로스가 뒷머리를 긁었다.

노인들은 그들대로 비밀의 섬이 비밀인 게 대체 뭐가 문제냐는 표정.

그때 50대 장년인이 빙그레 웃으며 이야기에 끼어들었다.

"용의 섬이 세상에 알려지지 않은 이유가 있습니다, 모험가분들."

이곳 술집의 주인이었다.

손님이 슬슬 빠진 후라 한가해진 모양이었다.

바로스가 의아해하며 물었다.

"주인장도 이 이야기를 알고 계십니까?"

"용의 섬 말입니까? 항구 주민들이라면 다 아는 이야기입니다."

밀리아의 의문대로였다.

동네 술집 영감들도 아는 비밀이 과연 비밀인가?

그럴 리가 있나!

"저도 어릴 적에 용의 섬을 찾는 모험가를 본 적이 있지요. 그분들이 한탄하는 내용도 들었습니다."

용의 섬을 무사히 다녀온 그들은, 술집에 모여 앉아 이렇게 한탄했다고 한다.

－젠장! 건질 거 더럽게 없네!

모험가들이 목숨 걸고 험지를 탐사하는 이유는 결국 하나다.

돈.

용의 섬은 돈이 될 만한 건수가 전혀 없었다.

남해 오지에 처박혀 있는 곳이다 보니 아무리 기이한 일이 터져도 사람들에게 해를 끼치지는 못한다.

즉, 저길 토벌해 달라고 현상금이 걸리거나 할 일은 없다.

무슨 고대 유적이나 폐허 같은 곳도 아니다. 집채만 한 용뼈가 떡하니 떨어져 있다는 점을 제외하면 그냥 평범한 무인도다.

즉, 유물 같은 걸 출토해 내다 팔 수도 없다.

그나마 모험가들이 기대한 건 용의 섬에 출몰하는 기이한 마물들의 존재였다.

마물들 중에는 그 자체로 돈이 되는 것들이 제법 많다.

주로 마법사들이 마법 촉매로 구입하는 경우가 대부분인데, 모험가 중엔 아예 작정하고 마물 헌터가 되어 저런 재료만 구하러 다니는 이들도 있을 정도다.

"하지만 용의 섬에 출몰하는 마물은 그런 경우도 아니라고 들었습니다."

용의 섬 마물들은 죽는 순간 변이 전의 모습으로 돌아가 버렸다.

죽어라 싸워서 간신히 이겼더니 그냥 죽은 토끼 한 마리, 죽은 사슴 한 마리가 전부인 격이었다.

저들을 마물로 만들었던 권능은 정말 눈곱만큼도 남아 있지 않았다.

뭐라도 남겨야 들고 가서 팔 텐데, 아무것도 남지 않는다니?

그 순간 모험가들이 얼마나 허탈했을지 익히 짐작이 가리라.

납득이 간다며 카르나크가 고개를 끄덕였다.

"아, 그렇겠군. 용마력으로 일어난 현상일 테니."

용의 힘은 인간이 쓰는 권능과는 조금 다르다.

오러도 마나도 사령력도 신성력도 아닌, 뒤섞인 기운.

정확히는 저 네 가지 힘으로 나뉘기 전의 혼연의 권능이었다.

"그래서 용들은 저 힘을 모두 쓸 수 있으며, 동시에 아무것도 쓸 수 없지."

분명 드래곤들은 마법사처럼 불을 쏘고 오러 유저처럼 파괴의 기운을 발하며 성직자처럼 상처를 치유하고 사령술사처럼 유령을 다룰 수 있다.

하지만 이는 결코 마법이나 오러, 신성술이나 사령술이 아니다.

어디까지나 용마력으로 비슷한 현상을 따로 구현하는 것
뿐.

"엄밀히 말하면 용마력이 안 남는 건 아니야. 잔여 용마력
을 인간이 인식할 수가 없는 거지."

인식할 수 없으니 써먹을 수 없고, 써먹을 수 없으니 돈도
안 된다.

게다가 용의 섬에는 심각한 문제가 하나 더 있었다.

"다른 던전이나 유적에 비해 심각하게 돈이 안 되는 주제
에……."

술집 주인이 쓴웃음을 지었다.

"찾아가는 데는 또 엄청나게 돈이 드니까 말입니다."

내륙이라면 어떻게든 찾아갈 수 있다. 두 발로 걷건 말을
타건 간에, 모험가들의 역량으로 어떻게든 되는 부분이다.

그런데 용의 섬은 바다 한복판이다. 무조건 배 타고 가야
한다는 소리다.

그리고 저 배라는 물건은 선원이 있어야 움직이지.

모험가들의 역량과 아무 상관 없이, 따로 배를 빌리고 선
원을 고용해야 거기까지 갈 수 있는 것이다.

비용은 엄청난데 건질 건 전무한 용의 섬에 가려는 모험가
가 많을 리 없었다. 초반에만 반짝 인기를 끌고 삽시간에 발
길이 끊겼다.

"그나마 용마력을 연구하는 마법사분들이 간혹 찾아오긴

했습니다만…….”

그들도 얼마 지나지 않아 발길을 끊긴 마찬가지였다.

물론 용의 섬이 연구 자료로 제법 쓸모가 있긴 하다. 드래곤 랜드까지 가려면 목숨을 걸어야 하는 데 비해 용의 섬은 상대적으로 안전한 편이니까.

그러나, 마법사들은 차라리 목숨 걸고 드래곤 랜드까지 가는 걸 선택했다.

용의 섬은 비용이 막대하게 들어가는 반면 건질 거라곤 전혀 없지만, 드래곤 랜드라면 가는 길에 마물 사냥이라도 해서 경비를 벌 수 있거든.

아무리 마법사라도 경제 논리에서 자유로울 순 없는 것이다.

이야기를 듣던 레번이 실소를 흘렸다.

'맙소사, 이래서 목숨보다 중한 것이 돈이란 소리가 나오나?'

이런 이유로 용의 섬을 찾는 사람들은 빠르게 줄어들었고, 어느새 아무도 찾지 않는 잊힌 장소가 되었다.

당시 모험가들의 활기를 기억하는 항구 주민들만이 간혹 용의 섬을 떠올릴 뿐이었다.

“그렇군, 용의 무덤이라.”

카르나크는 고개를 끄덕였다.

용의 서식지라면 말도 안 되지만 용의 무덤이라면 충분히 이곳 남해에도 있을 수 있다.

"용들이라고 죽고 싶을 때 죽는 것도 아니고, 사고당해서 죽었다면 시체가 어디 있건 이상할 게 없지."

그때 세라티가 비밀 전언으로 물었다.

[그런데 왜 몰랐어요?]

[뭘 몰라?]

[여기가 용의 무덤이라는 거요.]

[모를 수도 있지, 그걸 왜?]

[그게 아니라, 카르나크 님은 사령술사잖아요. 사령술은 원래 뼈다귀랑 친하지 않나?]

표현이 좀 이상하긴 했지만 카르나크는 바로 알아들었다.

용의 뼈라면 사령술사인 그에겐 꽤나 큰 가치를 지닌 물건이 아니냐는 말.

[혹시 드래곤 본이 사령술로 써먹기에는 안 좋은 물건인가요?]

그렇다면 좀 실망스러울 것 같았다.

어릴 때 본 모험담 중엔 많은 사악한 사령술사들이 드래곤의 뼈를 일으켜 세워 언데드 드래곤을 부리곤 했으니까.

과연 카르나크는 세라티를 실망시키지 않았다.

[무슨 소리야? 용의 뼈 정도면 굉장히 좋은 촉매지. 드래곤 리치 하나 일으키면 전력이 얼만데!]

다만, 그럼에도 카르나크가 이곳 남해까지 신경을 쓰지 않은 이유가 있었다.

[용의 무덤이란 게 그리 귀한 게 아니라서.]

[……흔하다고요?]

[드래곤 랜드에는.]

그렇다.

용의 무덤이 남해에 있어 신기해 보이는 것이지, 대륙 극동부 가면 그냥 기본적인 풍광이다.

[산 하나마다 용 뼈 하나씩은 있을걸.]

무릇 사람은 서 있는 위치에 따라 보이는 풍경이 달라지는 법.

이곳 남해의 항구 주민에게 용의 무덤은 세상에 둘도 없는 기이한 장소겠지만, 사령왕 카르나크에겐 그냥 흔해 빠진 촉매 재료 중 하나일 뿐인 것이다.

[하여튼 왜 이 노인들이 느닷없이 우리에게 말을 걸었는지는 알겠네.]

모험가들로 보이는 이들이 갑자기 근처 유적 운운하니 젊은 시절이 떠올랐으리라. 반갑기도 했을 테고.

'가만, 그렇다는 건…….'

뭔가가 떠올라 카르나크가 물었다.

"혹시 저희 말고도 용의 섬을 찾은 이들이 있었습니까?"

예상대로였다.

"있었지."

"일주일쯤 전이었나?"

"웬 사내 둘이서 태피얼 군도에 대해 묻더라고."

용의 섬에 대해 알려 줬더니 답례를 제법 든든하게 했다고 했다.

그래서 카르나크 일행도 비슷한 용무인 줄 알고 말을 걸었던 것이다.

"그렇군요."

카르나크는 내심 웃었다.

두 사내 중 1명의 인상착의가 꽤나 익숙했다.

'디오그레스 이 양반, 배 타고 어디 갔나 했더니 거기였나?'

＊

술집을 나선 뒤 카르나크 일행은 따로 대화를 나누기 시작했다.

왜 디오그레스가 용의 뼈를 찾는 건지는 익히 짐작이 간다.

"아마도 드래곤 본에 남은 용마력을 이용해서 봉인된 마력을 풀어 볼 셈인 듯한데……."

"그게 가능한 겁니까?"

레번의 질문에 카르나크가 어깨를 으쓱였다.

"나도 모르지."

아무도 시도해 보지 않은 일이다. 아무리 그라도 확답은 할 수 없다.

"중요한 건, 디오그레스가 가능하다고 생각하고 있다는 점이지."

세라티가 다른 질문을 던졌다.

"그런데요, 디오그레스가 힘을 되찾으면 우리가 도울 필요도 없는 것 아니에요? 도로 대마법사 되었다는 소리일 텐데."

"그래도 같은 편으로는 만들어 놔야지."

힘을 되찾는다 해도 여전히 디오그레스는 아쉬운 입장이다. 카르나크 일행이 손 내밀어 주면 결코 마다하진 않을 것이다.

"정말 봉인을 풀 수 있을지도 아직 모르는 일이고."

어느 쪽이 되었건 카르나크 일행도 어서 그를 찾아가야 한다.

밤의 어둠이 덮인 항구 거리를 살펴보며 카르나크가 물었다.

"배를 빌려야겠군. 돈이 넉넉한가?"

주머니 사정을 계산해 본 세라티가 자신 있게 대답했다.

"충분해요. 배를 아예 구입하는 것도 아니고, 그냥 빌리는 정도니까요."

"내일 아침에 선주 연합 쪽을 찾아가 봐야겠군."

밤이 깊은 터라 일행은 일단 숙소로 발걸음을 옮겼다.

일행을 뒤따르며 바로스는 연신 술집 쪽을 힐끔거렸다.

다들 디오그레스만 신경 쓰고 있는데, 다른 1명의 인상착의가 영 마음에 걸린다.

백발에 붉은 눈동자, 예리한 눈매에 날렵한 몸을 지닌 30대 청년.

'이거 어째……?'

누군가가 떠오르는 인상착의였다. 심지어 흔한 인상도 아니었다.

하지만 바로스는 이내 고개를 저었다.

'그'일 리가 없었다.

'이유가 없잖아, 이유가. 그 작자가 디오그레스랑 얼마나 사이가 나쁜데.'

※

의외로 배를 구하는 일은 쉽지 않았다.

"태피얼 군도는 갈 수 없습니다."

해적들의 존재 때문이었다.

"해적? 이 근처에 그런 것도 있어요?"

세라티의 질문에 선주가 고개를 끄덕였다.

"교역품을 가득 실은 배가 돌아다니는데 어찌 해적이 없겠습니까?"

태리스터 항은 제국 남부 해상무역의 중심지 중 하나이며 7왕국 연합과도 교역을 하고 있다. 그만큼 돈 되는 선박이 즐비하다.

"그나마 예전엔 이렇게까지 해적이 난리를 부리진 않았습니다."

한때 해적이 크게 줄어든 적도 있었다고 한다.

제국이 작정하고 소탕에 나선 덕분에 대부분의 해적이 교수대에 걸려 형장의 이슬이 되던 시절이었다.

문제는, 요즘 세상이 좀 달라졌다는 점.

"그놈의 종말의 어둠 때문에…… 원……."

해적들 중에도 어둠의 권능을 손에 넣은 이들이 대거 나타난 것이다.

안 그래도 잔혹하고 피를 보기 좋아하는 해적들이 사령술까지 손에 넣었으니 오죽할까?

그 탓에 현재 제국 남해는 온갖 언데드 해적들이 창궐하는 지옥의 바다가 되었다.

"그래서 정기적인 교역선들은 선단 규모로 움직입니다. 한두 척만으로 항해하다간 곧바로 해적들의 먹이가 되니까요."

납득이 간다는 듯 레번이 중얼거렸다.

"어쩐지 항구에 정박한 배들이 유독 많다 싶더니……."

이런 상황에 카르나크 일행만으로 움직인다? 심지어 해적의 본거지나 다름없는 태피얼 군도를 목표로?

"절대 못 갑니다."

단호한 선주의 태도에 카르나크가 눈짓을 했다.

'해 봐.'

'네.'

바로스가 주머니에서 한 움큼의 금화를 내밀었다. 라케아니아 제국 금화로 쉰 닢이었다.

"이 정도로도 안 되겠습니까?"

적지 않은 액수였다. 잠시 선주의 표정이 흔들렸다.

하지만 이내 고개를 젓는다.

"이거 받고 배 침몰하면 오히려 손해 아닙니까?"

바로스가 한 움큼의 금화를 또 내밀었다. 비용을 2배로 올린 것이다.

"이 정도라면?"

"으음……."

선주가 신음을 흘렸다.

확실히 욕심이 난다. 이 금액이라면 배가 침몰해도 남는 장사다.

하지만, 선장과 선원들까지 잃는다면 여전히 손해지.

"사람 목숨을 돈으로 거래할 순 없습니다."

참으로 올바른 심성을 지닌 선주였다.

그래서 카르나크는 다시 한번 눈짓했다.

[더 올려. 양심이 어디까지 버티나 보자.]

[저쪽 양심보다 이쪽 지갑이 먼저 거덜 나겠는데요.]

그렇다.

여기서 또 금화를 2배로 부르면 참 폼은 나겠다만 슬프게도 그 정도 돈은 없었다.

아무리 주머니 사정이 넉넉해졌다지만 라케아니아 금화 이백 닢은 결코 우습게 볼 금액이 아니다.

유스틸 왕국에서 쓰는 테라켈 금화로 환산하면 무려 금화 천사백 닢, 알타스 상단 집어삼킬 때 쓴 돈보다도 많을 지경이다.

"끄응, 어쩌지?"

난처해하며 카르나크는 인상을 썼다.

분위기가 이런데 디오그레스는 대체 무슨 수로 배를 빌린 건지 모르겠다.

"할 수 없지."

카르나크가 몸을 일으키며 선주에게 말했다.

"잠시 우리 둘이서만 대화할 수 있겠나?"

밀리아가 의아해하며 물었다.

"어쩌시려고요?"

"설득을 좀 하게."

카르나크를 따라 몸을 일으키며 선주가 쓴웃음을 지었다.

"무슨 말씀을 하셔도 제가 설득될 일은 없을 겁니다만."

상대가 귀족이라 일단 존대는 해 주었지만, 그래 봤자 세상 물정 모르는 젊은이일 뿐이구나 싶다.

'이제 와서 단둘이 이야기를 나누면 뭔가 바뀔 거라 생각하나?'

그렇게 카르나크와 선주가 잠시 옆방으로 자리를 옮겼다.

문이 닫히고 잠시 침묵이 이어지더니 묘한 소리가 들린다.

"설! 득!"

"……?"

라피셀이 고개를 갸웃거렸다. 대체 무슨 일이 벌어지고 있는지 짐작이 가질 않았다.

잠시 후 선주가 도로 나왔다.

"금화 10개에 모시겠습니다. 가시지요."

아까는 쉰 닢에도 안 간다더니, 딱 정가만 받고 움직이기로 한 모양이다.

라피셀은 감탄했다.

'카르나크 님이 정말 설득을 잘하시는구나!'

＊＊＊

선주를 설득(?)했다고 전부 끝난 건 아니었다.

자고로 배는 저절로 움직이지 않는다. 선원이 있어야 한다.

그 선원들이 전부 목 놓아 반대하고 있었다.

"태피얼 군도로 간다고?"

"당신들 미쳤소?"

"목숨이 몇 개라도 되는 줄 아쇼?"

이들까지 선주처럼 '설득'할 순 없었다.

선주야 같이 배 타는 입장이 아니지만 저들은 내내 배를 몰아 주어야 할 이들이다.

그런 이들의 머리를 함부로 헤집었다간 무슨 부작용이 생길지 모른다.

그래서 이번엔 정론으로 나아갔다.

"그렇게 해적들이 두렵소?"

카르나크의 질문에 선원들이 고개를 끄덕인다.

"솔직히 무섭소."

"놈들 중엔 강력한 사령술사들도 있단 말이오!"

"어찌 두렵지 않을 수가 있겠소?"

카르나크는 웃었다.

"다행이군. 이유가 그게 전부라면 말이지."

그리고 일행에게 눈짓을 했다.

밀리아가 한발 앞으로 나서며 성광을 흘렸다.

"헉!"

"신관님이셨소?"

"이렇게 어린데?"

카르나크가 느긋하게 입을 열었다.

"보시다시피 우리에겐 사령술사를 전문적으로 상대하는 심문관이 있으며⋯⋯."

세라티와 레번, 라피셀 역시 검을 살짝 뽑아 들었다.

우우우웅!

찬란한 청색과 자색의 오러가 사방을 물들였다.

선원들이 경악으로 눈을 크게 떴다.

"오러 유저?"

"그것도 청색에⋯⋯."

"자색급?"

"저 정도면 무슨 기사단장님 수준 아녀?"

그리고 마지막으로 카르나크와 바로스가 쐐기를 박는다.

카르나크의 양손에서 화염이 이글거렸다.

"나 또한 제법 마법을 쓸 줄 아는 데다가⋯⋯."

바로스의 검에서도 은빛 오러가 솟구쳐 올랐다.

"이 친구도 어디 가서 맞고 다닐 수준은 아니지."

선원들은 그저 벌어진 입을 다물지 못할 뿐이었다.

"어⋯⋯."

"실버 나이트⋯⋯?"

은검기쯤 되면 맞고 다니지 않는 정도가 아니라 일국의 운명을 좌지우지할 수도 있는 괴물 중의 괴물이다.

선원들의 태도가 180도 바뀌었다.

"갑시다!"

"이참에 해적 놈들 좀 조지자고!"

카르나크 일행이 출항한 다음 날 저녁.

항구의 술집은 오늘도 평소처럼 뱃사람들로 북적대고 있었다.

저마다 맥주 조끼를 기울이며 시끌벅적하게 대화를 나눈다.

지금 이들의 화제는 엊그제 있었던 특이한 외지인에 대한 것이었다.

"정말 오러 유저래?"

"심지어 그냥 오러 유저도 아니고 은검기라더라."

"무왕 바로 밑이 은색인 것 맞지?"

"그런 달인이 태리스터항엔 어쩐 일이래?"

다들 흥분한 기색이 역력했다.

해적들 때문에 내내 고생하던 이들이었다. 그런데 저토록 강력한 오러 유저에 마법사, 심지어 심문관까지 나타나다니?

"이번에야말로 해적 놈들, 혼쭐이 나겠구만!"

"원래는 별것도 아닌 놈들이 어쩌다 사악한 힘을 얻어서 잘난 척하고 있으니, 원."

시끄럽게 떠들며 뱃사람들은 계속 신나게 술을 마셨다.

덕분에 이들은 술집 손님들 중 일부가 자신들을 유심히 살피고 있다는 사실을 미처 눈치채지 못했다.

얼핏 평범해 보이는 여행복 차림의 일행.

하나 이들의 진짜 신분을 알게 되면 이 평범한 술집은 공포로 뒤덮이게 되리라.

이들이야말로 검은 신의 교단에서도 추리고 추린 최정예들이니까.

"마법사에……."

"은검기의 오러 유저란 말이지?"

술잔을 까닥이며 사교도들은 미소를 지었다.

"찾았다, 디오그레스 콜론."

그리고 잠시 고개를 갸웃거렸다.

"그런데……."

"엊그제?"

이들이 입수한 정보로는, 디오그레스 콜론이 배 타고 떠난 건 며칠 전이었다.

"어째 시일이 좀 안 맞지 않습니까?"

의아해하던 사교도들이 이내 고개를 저었다.

"그래도 틀림없을 겁니다."

다른 건 몰라도 은검기는 결코 흔하지 않다. 이 드넓은 제국에서도 몇 명 없는 것이 바로 실버 나이트다.

　"설마 이 시골 항구에 실버 나이트가 둘씩이나 있을 리는 없지 않습니까?"

⚛

　푸른 파도가 넘실대는 대해.

　범선 한 척이 우아하게 바다를 가른다. 카르나크 일행이 빌린 범선, 『물수리의 포효』호였다.

　"……물수리가 포효도 해요?"

　라피셀이 사소한 의문을 가지긴 했지만, 다들 신경 쓰지 않았다.

　배 이름 짓는 거야 선주 마음인데 포효를 하건 브레스를 쏘건 무슨 상관인가?

　어쨌든 보기 드문 맑은 날씨였다.

　남해의 푸른 바다가 햇살을 받아 아름답게 반짝인다. 참으로 수려한 경치다.

　그 경치를 노려보며 두 남녀가 토하고 있었다.

　"우에에엑!"

　"쿠에엑!"

　카르나크와 밀리아였다.

둘 다 뱃멀미로 시달리고 있는 것이다.

"아오, 죽겠다."

"뱃멀미란 게 이렇게 심한 거였어요?"

핼쑥해진 둘의 등을 두들겨 주며 세라티가 쓴웃음을 지었다.

"둘 다 고생이 많네요."

억울한 듯 밀리아가 투덜거렸다.

"저만 배 처음 타는 거 아니잖아요! 그런데 왜 다른 분들은 멀쩡한 거죠?"

부럽다는 듯 카르나크가 대꾸했다.

"오러 유저들은 다들 신체 능력이 워낙 뛰어나잖아. 뱃멀미 같은 것도 없지."

하긴, 오러 유저들이 싸울 때 얼마나 구르고 뛰어다니는가? 이 정도로 멀미 느낄 거면 아예 싸우지도 못하겠지.

그저 손과 입만 까닥거리는 마법사와 성직자만 죽을 노릇이다.

카르나크를 돌아보며 밀리아가 쓴웃음을 지었다.

"그래도 대장님이 계셔서 좀 위안이 되네요."

"웃기는 이야기인데, 나도 그래."

카르나크도 배를 처음 타 보는 건 아니다. 당연히 이 정도 뱃멀미는 겪을 거라 예상하고 있었다.

그가 처음 겪는 건, 같이 고생하는 다른 사람을 보는 경험이었다.

똑같이 힘들어도, 함께 고생하니 조금 덜한 느낌이랄까?

'이게 바로 공감이란 것이구나.'

점점 인간이 되어 가는 것 같았다.

기쁘긴 한데 짜증도 난다.

"그나저나 해적 안 나오네? 이대로 그냥 군도 도착하고 끝인가?"

바다 저편을 바라보며 카르나크가 느긋하게 뇌까릴 때였다.

갑자기 망루 쪽에서 선원의 외침이 들려왔다.

"놈들이다! 해적이 나타났어!"

"하여튼 입이 방정이네요."

실소하며 세라티는 바다 저편을 노려보았다.

해적선 보는 건 그녀도 처음이라 살짝 기대하고 있었다.

이윽고 정체불명의 범선 하나가 수평선 너머로 모습을 드러냈다.

순간 세라티의 표정이 묘하게 바뀌었다.

'저게…… 해적선?'

너덜너덜한 배 한 척이 바다 위를 미끄러지듯 다가오고 있었다.

사방에 녹색의 안개가 끼어 있고 배 뒤쪽으론 먹구름이 밀어닥친다. 주위엔 온갖 악령들이 휘몰아치며 기이한 소음을 떨친다.

누가 봐도 유령선이었다.

그리고 아까도 말했듯 오늘은 보기 드물게 좋은 날씨.

"아니, 이런 백주 대낮에 웬 유령선?"

황당해하는 세라티를 향해 선원들이 치를 떨며 말했다.

"그러니까 저희가 말했잖습니까!"

"해적들이 다들 종말의 어둠에 먹혔다고."

"요새 해적선은 저게 기본 소양입니다."

"아주 세상이 미쳤어요, 그냥."

품에서 마법의 완드를 꺼내 들며 카르나크가 실소를 흘렸다.

"왜 선주가 그렇게 가기 싫어했는지는 알겠네."

<hr />

점점 유령선, 아니, 해적선이 거리를 좁혀 온다.

카르나크가 뇌까렸다.

"거 신기하군. 이 넓은 바다에서 하필 해적과 딱 마주치다니."

워낙 해적이 많기에 그러려니 했는데 생각해 보니 좀 이상하다.

해적들이 이쪽 배에 무슨 추적 마법을 걸어 놓은 것도 아닐 텐데 어떻게 알고 이 망망대해에서 쫓아온 걸까?

"그냥 운이 없었나?"

선장이 고개를 저었다.

"우리가 출항한 사실이 알려져서 그렇습죠."

"알려졌다고? 혹시 첩자가 있는 건가!"

경계하는 레번의 말에 선장이 쓴웃음을 지었다.

"그런 소리가 아니고요."

마차가 몰래 도시를 떠나는 일은 있을 수 있다. 하지만 배가 몰래 항구를 떠나는 일은 있을 수 없다.

덩치가 좀 커야지?

그냥 선착장에 사람 한둘만 박아 놓아도 어지간한 선박 운행 스케줄은 대략적으로 파악할 수 있는 것이다.

"그래서 평소에는 행선지를 속여서 출항합니다. 그래야 해적을 피할 수 있으니까요."

하지만 이번엔 굳이 행적을 감추지 않았다고 한다.

"어째서?"

"해적 잡아 주신다면서요?"

그렇다.

그냥 해적 만나길 기대하며 항로를 공개해 버린 것이다.

"아니, 잡아 준다는 소린 안 했는데······."

어디까지나 해적이 나타나도 딱히 문제가 없단 소리였다.

그런데 이 인간들이 이번 기회에 아주 본전을 뽑으려는 모양이다.

'아무리 그렇다 해도 보통은 자기 목숨 걸린 일에 이렇게 적극적으로 나서지 않는 법인데.'

카르나크는 속으로 혀를 찼다.

'이거, 힘을 너무 과시한 게 문제구만.'

강력한 오러 유저가 무려 넷, 심지어 그중 1명은 실버 나이트이기까지 하다. 여기에 고위 마법사에 2급 심문관까지 있으니 아주 그냥 든든하셨겠지.

그러는 동안에도 해적선은 계속 다가오고 있었다.

선박의 자세한 모습 역시 점점 시야에 들어온다.

낡은 갑판, 너덜거리는 돛, 썩어 가는 선체.

그 위로 해골과 유령과 구울 등이 온갖 무장을 한 채 이쪽을 노려보고 있었다.

실로 모골이 송연해질 만큼 섬뜩한 광경, 그야말로 유령선 그 자체였다.

다만, 좀 어색한 부분도 있긴 했다.

언데드들 사이로 살아 있는 해적들도 다수 포진하고 있었던 것이다.

특히 그중 몇 놈은 아주 전형적인 해적의 복장이었는데, 어깨 너머로 어둠의 기운이 피어오르고 있었다. 생긴 건 저래 봬도 일단은 사령술사인 듯했다.

바로스가 실소를 흘렸다.

"사령술사라면 검은 로브라는 상식도 이제 옛말이구만 요."

하여튼 다들 태연하게 유령선을 바라보고 있었다.

공포를 느끼는 이들은 하나도 없다. 그동안 워낙 봐 온 게 많으니까.

그 모습에 선원들이 더더욱 용기를 가지고 설쳐 댔다.

"도망치려면 도망칠 수도 있겠지만!"

"이참에 혼쭐을 내 줘야지!"

문득 궁금해져 세라티가 선장에게 물었다.

"정말 도망칠 순 있어요?"

"무리입죠."

선장이 고개를 저었다.

"저놈들은 역풍도 거스르기 때문에 어차피 잡힙니다요."

저 배는 바람으로 가는 게 아니다.

애초에 돛이 저렇게 너덜너덜한데 제대로 바람을 받을 수 있을 리가?

돛은 그냥 폼이고 실제론 어둠의 힘으로 나아가는 것이다.

"그냥 말이라도 저렇게 하는 게죠."

선장도 허리에서 칼을 뽑아 들었다. 그리고 우렁차게 고함 을 터트렸다.

"전원 전투준비!"

선원들이 바쁘게 움직이기 시작했다.

"이참에 해적 놈들에게 본때를 보여 주자고!"

"물론 우리가 아니라 저분들이!"

실로 호가호위의 정석을 보는 듯한 광경이었다.

전투준비를 하며 바로스가 헛웃음을 흘렸다.

"이 정도면 우리가 돈 받아야 하는 거 아닙니까, 이거?"

뻔뻔하게 웃으며 선장이 받아쳤다.

"저희가 죽으면 배 몰 사람이 없습니다만?"

"그래, 악착같이 지켜 드리겠소."

마침내 해적선이 물수리의 포효호를 완전히 따라잡았다.

해적선에서 뭔가가 쏘아졌다.

탕! 타타탕!

해상용 발리스타였다.

밧줄이 달린 커다란 화살들이 물수리의 포효호 곳곳에 박혔다.

순간 배가 기우뚱 기울어지며 속도가 급격히 낮아진다.

출렁!

흔들리는 뱃전을 잡으며 선원들이 고함을 질렀다.

"배가 연결됐다!"

"놈들이 넘어오기 전에 먼저 건너가야 해!"

그러더니 일제히 카르나크 일행을 바라본다.

세라티가 눈을 깜빡였다.

"아, 우리보고 건너가라고요?"

"저 밧줄 밟고 건너가서 싸우시면 됩니다!"

"여기서 전투가 벌어지면 배가 망가집니다!"

본인들이 발 뗄 생각은 절대 없어 보이는 표정이었다.

'와, 이 인간들 진짜 뻔뻔하다.'

그래도 저들 말이 아주 틀리진 않았다.

여기서 싸우다 배 망가지면 결국 일정 꼬이는 건 카르나크 일행이지.

"전력을 나누자."

카르나크가 일행에게 손짓했다.

"바로스, 레번, 너희 둘은 저쪽 배로 넘어가. 세라티, 라피셀, 너흰 배를 지키고. 밀리아는 나와 함께 양쪽을 지원한다."

"네!"

지시가 끝나자 일행이 일사불란하게 움직이기 시작했다.

밀리아가 카르나크 옆에 서서 신성력을 끌어 올린다.

"라티엘이시여! 당신의 빛을 이곳에 허락하소서!"

세라티와 라피셀은 각자 선수와 선미로 향해 쳐들어올 적을 대비한다.

"자리 잡았어요!"

"저도요!"

바로스와 레번은 유령선 쪽으로 몸을 날리고 있었다.

"헙!"

기합과 함께 배끼리 연결한 밧줄 위로 가볍게 올라탄다.

이미 해적들은 밧줄을 타고 이쪽으로 건너오는 중이었다.

물론 오러 유저가 아니니 가느다란 밧줄 위를 평지처럼 달릴 재주 따위 없다. 그래서 원숭이처럼 거꾸로 매달려 건너고 있었다.

그 위를 바로스와 레번이 사뿐히 즈려밟으며 지나간다!

"헉!"

"켁!"

두 사람이 지나칠 때마다 밧줄에 매달린 해적들이 우수수 바다로 떨어진다.

그렇게 선발대 해적들을 모조리 수장시키며 바로스와 레번은 유령선 갑판에 착지했다.

배에 남아 있던 해적들이 둘을 포위하며 인상을 써 댔다.

"이, 이놈들이!"

"제법 재주가 있는 놈들이로구나!"

느긋하게 검을 겨누며 바로스가 도발을 날렸다.

"그리고 너희들은 참으로 재주가 없지. 아니, 외줄타기 하나 못해서 원숭이 흉내를 낸단 말이야?"

"뭐, 뭣이 어째!"

"죽여!"

"조져 버려!"

바로스와 레번도 반격에 나섰다.

다만, 굳이 오러를 꺼내 들진 않았다.

'이놈들이 뭘 숨겨 놓고 있을지 모르니……'

'초장부터 힘쓸 필요는 없겠지?'

투기검을 드러내지 않아도 오러 유저의 검은 충분히 위력적이다.

강철의 폭풍이 해적선 갑판 위를 휘몰아치기 시작했다.

※

바로스와 레번이 해적선 위에서 날뛰는 동안 물수리의 포효호 주변도 평온하지는 않았다.

배 주위 바다가 흔들리며 흉측한 머리통들이 하나둘 나타난다.

반쯤 썩은 몰골의 구울들이었다.

어차피 언데드는 호흡이 필요 없으니 물밑으로 한참을 잠수해 이쪽 배에 접근한 것이었다.

"우어어어……."

"으어어……."

구울들이 섬뜩한 손톱을 드러낸 채 뱃전을 기어오른다.

아래를 내려다본 카르나크가 어깨를 으쓱였다.

"뭐, 이럴 줄 알았지."

앞에서 사람 눈 현혹한 뒤 뒤에서 통수치는 건 고래로부터 전해져 내려온 흔해 빠진 전법이다.

기다렸다는 듯 세라티와 라피셀도 응수했다.

선수와 선미를 장악한 두 사람이 빠르게 뱃전을 오간다.

다가오던 구울들이 일 검에 팔다리가 동강 나 도로 바다로 떨어진다. 첨벙거리는 물소리가 사방에서 울린다.

구울을 다루던 사령술사 해적들이 기겁해 중얼거렸다.

"저렇게 쉽게 당한다고?"

"지 여자들, 뭐 저리 강하지'?"

갑판 중앙에선 신관복을 입은 소녀가 기도를 올리고 있다.

"라티엘이여, 당신의 가호를 이 배에 내리소서!"

밀리아의 성광이 배 전체를 은은하게 뒤덮어 갔다. 덕분에 배에 올라탄 언데드들이 순간 경직되며 1초 정도 멈췄다.

카르나크의 마법은 그 순간을 놓치지 않았다.

"불태우는 겁화의 화살! 파이어 볼트!"

마법의 불꽃 화살이 연신 날아가 경직된 구울을 강타했다. 배 곳곳에서 폭발이 일어나며 구울들이 불타 쓰러져 갔다. 그 화려한 광경에 선장이 감동해 외쳤다.

"불 마법 쓰지 마요! 배 탑니다!"

아무리 바다라지만 나무로 만든 배 위에서 화염계 마법을 쓰는 건 그리 현명한 선택이 아니다.

"좋아, 그럼 이걸로 하지."

카르나크도 바로 마법을 바꿨다.

"라이트닝 볼트!"

굵직한 전격의 줄기가 남은 구울들을 일제히 휩쓸어 갔다.

강렬한 뇌광이 그나마 버티고 있던 구울들마저 모조리 불태우기 시작했다.

다시 한번 선장이 고함을 질렀다.

"그래도 배 탑니다!"

그렇다. 번개로 지진다고 불 안 붙는 건 아니다.

카르나크가 인상을 썼다.

"아니, 뭘 어쩌라고……."

원래 전투가 벌어지면 어느 정도의 피해는 감수하게 마련이다.

그런데 이 인간들이 기대를 너무 크게 한 모양인지, 자신들은 티끌 하나 다치지 않고 적을 물리칠 줄 알고 있는 것이다.

'무려 실버 나이트잖아! 엄청 고위 마법사에 심문관이고!'

'그 정돈 당연히 하겠지!'

입 밖으로 내진 않았지만 표정만 봐도 뭔 생각 하는지 뻔히 보인다.

세라티가 카르나크와 전언을 나눴다.

[뭔가 얄밉긴 한데……]

[그렇다고 배 망가지거나 선원 상하면 곤란하겠지?]

[우리가 직접 배 모는 꼴은 사양하고 싶네요.]

완드를 쥔 채 카르나크는 잠시 고민했다.

최대한 배에 피해를 입히지 않고 해적들을 물리치려면 어찌해야 할까?

'역시 근접전이 제일 무난한데……'

예를 들어, 물의 정령을 잔뜩 소환해 싸우게 하면 된다.

사방이 바다이니 물의 정령 부르기도 참 쉬우리라.

'하지만 굳이 그럴 바에는……'

지금 저 해적들은 사령술 잔뜩 써 가며 언데드를 잔뜩 부리고 있다.

그리고 그에겐 상대의 사령술을 역이용하는 좋은 수법이 있지 않은가?

"에라, 판 깔아 줬는데 안 쓰는 것도 미안한 일이지!"

양팔을 좌우로 펼치며 카르나크가 혼돈마력을 끌어 올렸다.

"나, 어둠의 죄악을 대속하는 자가 되리라, 리디머 오브 네크로맨시!"

바다 위 하늘이 소용돌이치며 찬란한 빛을 드리운다.

파아아앗!

빛의 파문이 해적선과 물수리의 포효호를 동시에 덮쳤다.

순간 날아든 광채에, 선원들이 놀라 몸을 웅크렸다.

"헉!"

빛은 아무 일 없이 선원들을 지나쳤다.

선원들뿐만이 아니었다. 배 역시 미동조차 하지 않은 채 빛의 파문을 보낼 뿐이었다.

"뭐여?"

"뭘 한 거여?"

어리둥절한 선원들의 눈에 놀라운 광경이 비쳤다.

수십의 사슬들이 구울이며 언데드 해적들의 몸을 감싸고 있었다.

얽매인 이들이 두 눈에서 기이한 빛을 흘리며 몸을 돌린다. 아군을 향해 고개 돌린 그들의 머리 위로 카르나크의 엄명이 떨어진다.

"가라! 나의 종들아!"

언데드 해적들이 다른 해적들을 덮치기 시작했다.

"으으으으!"

"크아아!"

적들의 언데드를 반대로 지배해 버린 카르나크의 권능에 선원들이 두려워하는 건 당연했다.

"서, 설마……."

"사령술사?"

라피셀이 억울한 듯 외쳤다.

"사법의 대속자예요! 마법이라고요!"

세라티도 얼른 한마디 얹었다.

"사령술을 지배하는 마법입니다! 들어 보셨을 텐데요?"

선원들이 멍하니 고개를 끄덕였다.

"어, 그러고 보니……."

"저런 마법이 있다는 소문을 들은 것 같기도……."

그들의 반응을 보며 카르나크는 내심 웃었다.

'일부러 마법학계에 사법의 대속자를 풀어 버린 보람이 있구만.'

덕분에 꽤나 널리 퍼져서, 이젠 이런 대륙 최남단에까지 소문이 닿았다.

카르나크는 계속 사법의 대속자로 해적들을 몰아붙였다.

언데드들을 어찌나 효율적으로 다루는지 다른 이들이 할 일이 없을 지경이었다.

느긋해진 레번이 전언으로 뇌까렸다.

[이런 거 보면 저 양반이 전 사령왕이긴 하죠?]

마법 쓸 땐 참 열심히, 집중해서 쓰는데 사령술 쓸 땐 진짜 대충이다. 그럼에도 숨을 쉬듯, 물 흐르듯 자연스럽지 않은가?

"끝났네요."

세라티가 검을 도로 허리에 찰 때였다.

갑자기 해적선 선실 쪽에서 강렬한 기운이 느껴졌다.

바로스와 레번이 동시에 고개를 돌렸다.

'어?'

'저건?'

순간 무시무시한 폭음이 울렸다.

콰아아앙!

폭발 사이로 수십 줄기의 은빛 사슬검이 솟구치더니 해적선 위를 가차 없이 쓸어 간다!

차르르르륵!

사법의 대속자에 지배당한 언데드들이 일제히 쓸려 가며 괴성을 터트리기 시작했다.

"크아아아악!"

"아아아악!"

부서진 갑판 위로 한 사내가 모습을 드러낸다.

전신에 은빛 오러를 두른, 백발에 붉은 눈을 지닌 30대 청년이었다.

레번이 기겁해 중얼거렸다.

"으, 은검기?"

틀림없이 실버 나이트였다. 전력을 다할 때의 바로스에 필적하는 엄청난 기운이 사방을 짓누르고 있었다.

갑판 위에 오른 청년이 짧은 기합과 함께 재차 팔을 휘둘렀다.

"헙!"

차르르륵!

해적선 위의 언데드를 쓸어버렸던 사슬검이 이번엔 물수리의 포효호까지 날아들었다.

이대로라면 배에 큰 피해가 간다!

'안 돼!'

다급하게 레번이 몸을 날렸다. 동시에 투기검을 뽑아 들었다. 자색의 오러가 길게 뻗어 날아드는 사슬검을 쳐 냈다.

콰아아앙!

폭발이 일어나며 해적선이 통째로 진동했다.

레번을 돌아보며 청년이 놀란 표정을 지었다.

"자색급이었나? 어린놈이 대단하군."

오러 유저인 줄은 이미 알고 있었지만, 설마 저 나이에 저 정도 경지일 줄은 몰랐다.

"하지만 무의미하다."

백발 청년이 뱃전을 박찼다.

단숨에 레번에게 쇄도하며 오러 사슬과 이어진 장검을 거두어 도로 한 손에 쥔다. 그리고 가볍게 내려치기 일격!

쿠웅!

간신히 받아 낸 레번의 무릎이 꺾였다.

"커억!"

저쪽은 진짜 가볍게 내려쳤을 뿐인데 거악이 내리찍는 듯
한 충격이 전신을 짓누른다.

'밀릴 것 같으냐!'

치를 떨며 레번도 반격에 나섰다.

–델피아드 검투술, 화룡의 발톱!

무왕 갤러드가 구사할 땐 정말 화염이 치솟는 아지랑이 같
은 연격이 되었지만 레번은 아직 자색급이라 그런지 불길 형
태의 투기만 솟구친다.

그래도 지금 같은 상황에서 공세를 흘리며 되치기를 하기
엔 이만한 기술이 없었다.

예리한 투기의 참격이 백발 청년의 세 방향을 노렸다.

"갤러드의 검?"

기술을 알아본 청년이 의아하다는 듯 뇌까렸다.

"서쪽 놈들이 이 제국 남쪽엔 어쩐 일로 온 거지?"

동시에 자연스럽게 몸을 틀어 재차 사슬검을 뻗어 낸다.

차르르륵!

풀려난 오러 사슬이 그의 전신을 갑옷처럼 둘렀다.

"아니, 어차피 온갖 잡놈들이 다 섞여 있으니 이상할 것도 없나."

이해 못 할 소릴 하며 백발 청년은 레번의 공세를 쉽게도 튕겨 냈다. 그리고 단숨에 거리를 좁혔다.

순식간에 코앞까지 닥치더니, 레번의 심장을 향해 섬전 같은 찌르기를 날린다.

"죽어라."

너무 빨라 채 반응할 수조차 없다.

'……!'

레번이 죽음을 직감했을 때였다.

"음?"

갑자기 백발 청년이 뒤로 몸을 날렸다.

그가 피한 자리로 섬광이 스쳐 지나가 해적선 갑판 일부를 직격했다.

콰아아앙!

폭발과 함께 썩은 나뭇조각이 사방으로 날렸다.

흩날리는 목재 사이로 거구의 사내가 날아들어 레번 앞에 섰다.

아슬아슬할 때 바로스가 레번을 구해 낸 것이었다.

"괜찮습니까?"

호흡을 고르며 레번이 뒤로 물러섰다.

"예, 예에……."

바로스를 바라보는 백발 청년의 얼굴이 기묘하게 일그러졌다.

"……저놈도 오러 유저였다고?"

레번이 오러 유저인 줄은 이미 알고 있었다.

보다 상위의 오러 유저는, 설령 오러를 드러내지 않더라도 자신보다 하급의 투기 소유자를 어렵지 않게 파악할 수 있으니까.

하지만 바로스가 오러 유저인 줄은 미처 몰랐다.

이것이 의미하는 바는 명확하다.

'저 나이에 설마 나와 동급?'

과연, 바로스의 검에서 은빛 오러가 솟구치기 시작했다.

투기검을 겨눈 채 바로스가 믿을 수 없다는 듯 중얼거렸다.

"와, 진짜로 데스테란 경이었네?"

백발 청년, 데스테란은 눈앞의 바로스를 유심히 바라보았다.

"실버 나이트라……."

생각해 보면 말도 안 되는 우연이었다.

대륙에서도 손꼽힐 정도로 적은 달인 2명이 이 남쪽 바다에서 조우하게 되다니?

그러나 데스테란은 그 점은 별로 이상하게 여기지 않는 것 같았다.

그저 바로스의 나이가 너무 어리다는 점이 놀랍다는 눈치였다.

"겉보기보다 나이가 많은 건가, 아니면 하늘이 내린 천재인가?"

데스테란을 30대 청년이라고는 하는데, 사실 이게 좀 어폐가 있다.

정확히 말하면 30대 후반, 심지어 올해로 38세다. 조만간 마흔 찍는 나이인 것이다.

아직 청년이긴 한데, 그렇다고 마냥 젊다고는 못 할 나이랄까?

반면 바로스는 아무리 봐도 20대 초반.

무왕들의 젊은 시절도 어느 정도 알고 있는 데스테란이었다. 저 하늘이 내린 천재들과 비교해도, 바로스의 경지는 나이에 비해 지나치게 높았다.

문득 그의 입가에 기묘한 미소가 떠올랐다.

"역시…… 어둠의 힘으로 오른 경지인가?"

뜨끔한 바로스가 눈을 깜빡였다.

'어떻게 알았지?'

매우 정확한, 진실 그 자체였다.

'하지만 그걸 지금의 저 양반이 알고 있을 리가 없는데?'

의아해하는 바로스를 향해 데스테란이 차갑게 웃었다.

"뭐, 상관없나."

그리고 곧바로 살기를 폭증시킨다!

"죽어라."

무형의 살기가 바로스의 사방을 덮쳐 왔다.

차르르륵!

풀려난 오러 사슬검이 길게 늘어져 뱀처럼 갑판 위를 달린다.

눈부신 오러의 궤적이 시야를 희롱한다.

해적들은 물론이고 레번, 심지어 멀리서 상황을 지켜보던 카르나크 일행과 선원들마저 혼란에 빠졌다.

"윽!"

"누, 눈이……."

풀려난 사슬검이 빛을 반사해 시야 전체를 쪼개고 이어 붙인다.

마치 온 세상이 만화경이 된 듯한 착각이 일 정도였다.

다만, 바로스는 딱히 현혹되지 않았다.

'어, 이 양반 이때 벌써 이거 쓸 수 있었구나?'

익숙한 듯 쪼개진 세상의 틈새로 몸을 던진다.

그렇게 세 발짝 옆으로 걷는 것만으로 공세를 모조리 피한다!

경악한 데스테란이 안색을 굳혔다.

'이걸 이렇게 간단히?'

이 기술을 창안한 자신조차도 저렇게 쉽게 피할 자신은 없다.

마치 모든 걸 간파한 듯한 움직임이라니!

'그야 간파했으니까.'

천연덕스럽게 바로스는 데스테란의 좌측으로 파고들었다.

경각심을 느낀 그가 재차 투기검을 날렸다.

"보통 놈이 아니로구나!"

은빛의 투기검이 허공에서 몇 차례나 격돌했다.

오러와 오러가 충돌할 때마다 파공음이 울리고 대기가 뒤흔들렸다.

쿠우우우웅!

박빙의 공방이었다.

둘 중 누구도 밀리지도, 압도하지도 못한 채 팽팽한 검투를 이어 간다.

정신없이 투기검을 휘두르던 바로스에게 문득 떠오른 사실이 있었다.

'내가 지금 이 양반이랑 싸우고 있을 때가 아니잖아?'

정황상 데스테란이 디오그레스의 숨은 조력자란 건 확실하다. 그리고 지금 자신들은 디오그레스를 도우러 이곳에 왔다.

한발 물러서며 바로스가 고함을 터트렸다.

"잠깐! 우린 적이 아니오!"

공세를 퍼부으려던 데스테란이 묘한 표정을 지었다.

"음?"

그러더니 양쪽 배를 힐끔거린다.

"이 상황에서 무슨 소릴 하고 싶은 거냐?"

한쪽은 해적선.

다른 한쪽은 해적들에게 습격당한 선박.

생각해 보면 웃기는 소리다. 습격받은 상인들이 해적들에게 '우린 적이 아니오!'라고 외치고 있는 꼴 아닌가?

"아, 그 소리가 아니라……."

바로스도 상황을 이해했는지 말을 바꿨다.

"우린 당신들을 찾아온 거요! 당신이 지키는 마법사를!"

일부러 디오그레스의 이름은 언급하지 않았다.

저들도 비밀을 지키길 원할 테니까.

전생 때 산전수전 다 겪은 처지라 이 정도 눈치는 있었다.

'이 정도면 궁금해서라도 대화를 하겠지?'

바로스의 기대는 바로 꺾였다.

"알고 있다!"

"……엥?"

"당연히 우릴 찾아왔겠지. 그렇지 않으면 실버 나이트가 왜 이 오지까지 내려왔겠나?"

바로스가 멍한 표정을 지었다.

'그럼 왜 우릴 공격한 거야? 그냥 해적질하려고? 자기 도우러 온 사람들을?'

도대체 상황이 이해가 안 간다.

그리고 데스테란은 바로스에게 이해할 시간을 줄 마음도 없는 듯했다.

"죽어라!"

또다시 무자비한 투기검의 폭격이 바로스를 뒤덮어 갔다.

슬슬 바로스의 이마에도 혈관이 돋아나기 시작했다.

열 받았단 소리다.

'아니, 이 인간이?'

왕년에 신세 진 게 있어서 나름 곱게 대하고 있었는데, 아주 막 나오지 않는가?

'에라, 모르겠다.'

보아하니 대화를 나눌 분위기가 아니다. 그렇다면 먼저 이쪽 말을 들을 만한 분위기를 만들어야겠지?

'일단 눕혀 놓고 보자!'

결국 바로스도 본격적으로 전투에 나섰다.

소심하게 반격만 하던 바로스가 공세로 돌변하니 데스테란의 안색도 굳었다.

'전력을 다한 게 아니었나?'

그렇게 몇 차례 공방을 주고받으며 바로스가 오른손을 살짝 흔든다.

'그래, 이왕 데스테란 경도 만났는데…….'

이참에 이것도 펼쳐야겠다.

차르르륵!

오러 사슬검이 바로스의 손끝에서 길게 뻗어져 나왔다.

데스테란의 안색이 순간 굳었다.

"이건?"

바로스의 입가에 미소가 떠올랐다.

'놀랍지? 궁금하지?'

자신만의 오리지널 기술을 생면부지의 인간이 쓰고 있다.
이쯤 되면 신기해서라도 말을 걸고 싶어지지 않을까?

아닌 듯했다.

오히려 데스테란이 어깨를 들썩이며 울듯이 웃는다.

"크크, 크크큭!"

'엥? 왜 저렇게 웃지?'

당황한 바로스의 귀에, 데스테란의 혼잣말이 들려왔다.

"은검기에, 사슬검이라…….”

분노를 애써 억누르는 듯한 독백이었다.

"이 저주받을 놈들!"

흥분한 데스테란이 사슬검을 일제히 뻗어 냈다.

십여 줄기의 사슬검이 사방을 휘감아 무자비한 파괴의 곡
선으로 화했다.

콰콰콰콰콰쾅!

해적선 곳곳이 부서지고 날아간다.

공세를 피해 연신 달리며 바로스가 미간을 찌푸렸다.

저주받을 놈인 건 맞으니까 딱히 화는 안 나는데, 데스테란의 반응이 도통 생뚱맞았다.

'아까부터 대체 왜 저러는 거래?'

어쨌든 사슬검을 시연해도 별로 신기해하지 않는 것 같다.

'이렇게 된 이상 그냥 싸워야겠네.'

대화는 포기하고, 바로스는 상대의 제압으로 목표를 바꿨다. 그리고 본격적으로 사슬검을 펼쳤다.

차르르륵!

똑같은 자세로, 똑같은 은빛의 사슬검이, 똑같이 뱀처럼 구불거리며 세상을 뒤엎을 듯 날아든다.

그러나 양쪽 뱀의 기량에는 차이가 있었다.

바로스의 사슬검과 충돌한 데스테란의 사슬검이 약속이나 한 듯 뭉개지며 잡아먹힌다.

실버 나이트로서의 경지는 서로 크게 차이가 나지 않는데, 사슬검의 완성도는 바로스가 우위에 있었던 것이다.

"어, 어떻게?"

경악한 데스테란이 더듬거리며 말했다.

"어떻게 네놈이 나보다도 더 수준 높은 사슬검을 쓰는 거냐?"

바로스의 입가에 쓴웃음이 맺혔다.

'그야, 이건 말년의 댁이 가르쳐 준 거니까 그렇지.'

>*<

전 인류의 공적이었던 사령왕 카르나크.

하지만 모든 인간이 그를 적대한 것만은 아니다.

대륙 곳곳의 명성이 높은 악인들, 여신교의 세상에선 살아갈 수 없던 이들은 자발적으로 카르나크의 휘하로 들어오기도 했다.

데스테란 역시 그런 악인들 중 하나였다.

7여신교를 유독 증오하던 그는, 반대급부인지 사령술에 대해서는 그리 거부감이 없었다.

오히려 어둠의 권능으로 영생을 얻을 수 있다는 말에 혹할 정도였다.

카르나크 입장에서도 데스테란은 훌륭한 부하 중 1명이었다. 그의 밑에는 대륙 최강의 범죄 조직, 서치 블랙이 있었으니까.

그렇게 데스테란은 사령왕 밑에서 온갖 끔찍한 악행을 저질렀다.

그리고 그 충성의 대가로 바라 마지않던 영생의 존재, 데스 나이트가 되었다.

이때만 해도 바로스는 카르나크의 심복이긴 했지만 아직 데스 나이트는 아니었다. 데스테란보다 지위도 낮아, 종종 그의 임시 부관으로 활동하기도 했다.

데스테란류 사슬검은 이때 익힌 것이었다.

아무리 자신의 부관이라 해도 바로스가 카르나크의 총애를 받는다는 건 모두가 아는 사실, 사령왕의 눈치를 보기 위해서라도 데스테란은 바로스에게 열심히 가르침을 주었다.

다만, 영생까지 꿈꿨던 데스테란의 생애는 의외로 짧았다.

데스 나이트가 되고 얼마 지나지 않아 델피아드의 무왕 레번 스트라우스와 일전을 벌였고 그 전투에서 완전히 소멸해 버린 것이다.

'그런데 지금 시간을 거슬러 둘이 다시 붙었단 말이지?'

젊은 데스테란과 어린 레번 스트라우스를 보며 바로스가 혀를 찼다.

'이걸 운명의 인도라고 해야 하나?'

하여튼 이렇듯 데스테란은 철저한 악당이었다.

특히나 카르나크와 죽이 잘 맞는 자이기도 했다.

적어도 인류의 영웅들, 특히 3인의 대마법사며 4대 무왕과 극도로 사이가 나빴던 건 확실하다.

'그런 작자가 어떻게 디오그레스를 도울 수 있냐고. 도무지 이해가 안 가네.'

바로스와 데스테란은 해적선 곳곳을 종횡무진 누볐다.

양쪽 모두 사슬검을 쓰고 있기에 전투는 비단 갑판 위로 한정되어 있지 않았다.

돛대며 마스트 등에 사슬을 걸고 몸을 날리며 마치 거미처럼 공간을 입체적으로 오간다.

은검기끼리 충돌할 때마다 요란한 파공음이 사방으로 퍼졌다.

쾅! 콰쾅! 쾅!

그 가혹한 파괴의 현장 속을, 해적들은 정신없이 뛰어다니고 있었다.

"피, 피해!"

"젠장!"

"휘말리면 죽는다!"

해적선 위다 보니 딱히 도망칠 곳이 많지 않다. 그저 둘의 전투를 피해 이리저리 구석으로 몰려다니는 수밖에.

덕분에 물수리의 포효호는 한가했다.

도망 다니느라 정신없는 사령술사 해적들이 더 이상 언데드들을 이쪽 배로 보내지 못하고 있었으니까.

선원들은 경외감 속에서 바로스와 데스테란의 전투를 지켜보았다.

"으아……."

"실버 나이트끼리 싸우면 저렇구나……."

"진짜 사람 같지 않구먼……."

세라티와 라피셀은 초조해했다.

"바로스 경에게만 맡길 순 없는데. 우리도 한 손 거들어야……."

"그런데 도저히 낄 틈이 안 보여요……."

둘의 실력이 백중지세였던 탓이다.

차라리 바로스가 밀리는 상황이라면 오히려 끼어들 틈 자체는 찾을 수 있었을 것이다.

그런데 치밀한 공방이 정교하게 오가니, 이대로 뛰어들었다가는 역으로 바로스에게 피해를 줄 가능성이 너무 크다.

보아하니 저 너머 해적선에 오른 레번 역시 같은 이유로 끼어들지 못하고 기회만 엿보는 듯했다.

'우리야 그렇다 치고…….'

세라티가 카르나크에게 전언을 보냈다.

[왜 지켜만 보고 계세요?]

그라면 바로스에게 피해를 주지 않고도 충분히 끼어들 능력이 있는 것이다.

별 이유 아니란 듯 카르나크가 대꾸했다.

[바로스가 알아서 하겠다잖아.]

[네? 그런 전언은 없었는데요?]

[표정 보면 알지, 뭐.]

아무래도 이 오래된 주종끼리 또 눈빛으로 뭔가 의사 교환을 한 모양이다.

세라티가 인상을 썼다.

[그러다 바로스 경이 죽기라도 하면 어쩌시려고요?]

[도로 살려야지.]

[죽진 않는다 해도, 팔다리를 잃거나 하면요?]

[그땐 권속으로 만들어서 도로 붙이면 돼.]

[……권속으로 만들 여유 없다면서요?]

[여유야 만들면 되는 것이고.]

참으로 태연한, 한 치의 고민조차 없는 대답이었다.

세라티와 레번의 눈빛이 확 바뀌었다.

'아.'

'역시.'

둘 다 검을 뽑아 들고 최대한 정신을 집중하며 스스로를 한 자루 칼날처럼 예리하게 다듬어 간다!

[위험하다 싶으면 바로 뛰어들게요!]

[우리 팔다리는 날아가도 됩니다!]

[바로스 경이 무사한 게 제일 중요해요!]

밀리아는 감동했다.

다들 자신의 안위조차 돌보지 않고 동료부터 생각하고 있었다.

사악한 사령술사의 권속이라면 절대 보일 리 없는 모습이 아닌가?

순간 어릴 적 들었던 오랜 격언이 떠오른다.

─칼이 인간을 죽이는 것이 아니다. 칼을 휘두르는 인간이
인간을 죽일 뿐.

깨달음을 얻은 소녀가 나직이 중얼거렸다.
"사령술이 사악한 게 아니라, 사령술을 사용하는 인간이
사악한 건가……."
옆에 서 있던 카르나크가 어이없어하며 뇌까렸다.
"뭔 개소리 하니, 너? 사령술 사악한 거 맞아."

⁂

다행히 세라티와 레번의 걱정은 기우로 끝났다.
시간이 갈수록 바로스가 데스테란을 압도하기 시작한 것
이다.
'역시 이 시절의 데스테란 경은 한계가 있구만.'
말년의 데스테란은 끝내 황금의 오러를 터득하지 못했다.
평생 무왕의 벽을 넘기 위해 도전했지만 결국 실버 나이트의
경지에서 벗어날 수 없었다.
그렇다 해도 당시의 그는 틀림없이 실버 나이트로서는 극
의에 도달한 몸이었다.

반면 지금은 같은 은검기의 경지라도 초짜에 불과한 수준.

말년의 그에게 모든 것을 전수받은 바로스가 수법을 간파하는 것은 그리 어려운 일이 아니었다.

'보다 보니 대충 알겠네.'

바로스의 몸놀림이 점점 더 빨라졌다. 사슬검의 움직임 역시 더더욱 예리해졌다.

현란한 칼날의 채찍이 데스테란의 사방을 두들기고 또 두들긴다.

'크윽!'

데스테란은 이를 갈았다.

아슬아슬하게 급소는 피했지만 점점 전신이 피로 물들어가고 있었다.

'젠장, 이게 이렇게도 운용될 수 있는 거였나?'

바로스의 사슬검을 보며 그는 분노와 경외를 동시에 느꼈다.

이 눈앞의 흑발 청년은 틀림없이 자신보다 고수였다.

그것도 그냥 강한 게 아니라, 자기 기술을 훔쳐 가 멋대로 완성시켜 버릴 정도로 차원이 다른 강자다.

저 나이에 저런 짓이 가능할 리가 없었다.

'사악한 수작을 부리지 않았다면 말이지!'

이를 악물며 데스테란은 남은 오러를 모조리 폭증시켰다.

'아직 미완성이지만……'

이렇게 된 이상 기사회생의 한 수를 거는 방법밖에 남지 않았다.

갑자기 데스테란이 모든 오러 사슬을 거두었다. 그리고 양손의 검을 교차하며 십자 형태로 만들었다.

동시에, 그토록 날뛰던 은빛 오러가 싹 사라졌다.

그저 폭풍 전의 고요처럼 차분한 기세만이 은은하게 흘러나올 뿐.

데스테란의 붉은 눈동자가 섬뜩하게 번뜩였다.

-극의, 체인 오브 아포칼립스!

그의 전신에서 무수히 많은 오러 사슬이 일제히 터져 나왔다.

이전에도 수십 줄기씩 오러 사슬을 뽑아내던 그였지만 이번엔 다르다.

사슬 하나하나에 가공할 불길과 어둠, 뇌격과 냉기 등을 담아, 서로 연동시켜 위력을 몇 배로 높이며 일제히 쏟아붓는다!

콰콰콰콰쾅!

해적선 돛대들이 싹 다 쓸려 나가며 가공할 파괴의 힘이 바로스에게로 향했다.

순간 그의 입가에 미소가 떠올랐다.

'아, 지금이 이거 연습 중이던 시절이구나?'

문득 과거, 정확히는 미래의 일이 머릿속에 떠오른다.

막 데스 나이트가 된 말년의 데스테란에게서 사슬검을 전수받을 때의 일이었다.

－아니, 타이밍 못 맞추면 중간에 허점 뻥하고 빈다니까?

－그럼 그 타이밍을 어떻게 맞추는지도 가르쳐 줘야죠!

－어떻게든 감으로 맞춰.

－뭔 가르침이 그래요?

－말로 할 수 있는 게 아니야. 나도 그 타이밍 맞추는 데만 10년쯤 걸렸다.

당시의 바로스도 딱 눈앞의 데스테란처럼 기술의 마무리를 하지 못해 고생하고 있었다.

'과연 중간에 허점 뻥하고 비었구만.'

무수한 파괴의 사슬 사이를 성큼성큼 걸어간다. 어지러운 사슬 폭풍이 그의 털끝 하나 스치지 못한 채 지나쳐 버린다.

데스테란의 눈동자가 격하게 흔들렸다.

'저게 무슨⋯⋯.'

그렇게 거리를 좁히며 바로스는 투기검을 들었다.

하필 저걸 발동해 버렸으니 기술 끝날 때까지 데스테란은 꼼짝도 못 한다. 마음껏 요리할 수 있다.

'그런데 뭘 쓰지?'

좋은 게 떠올라 바로스는 빙그레 웃었다. 그리고 양손의
투기검을 앞으로 교차했다.

지켜보던 카르나크가 혀를 내둘렀다.

바로스가 뭔 짓 하려는지 뻔히 보였던 탓이다.

"우와, 저 못된 놈."

바로스의 오러가 한 점으로 갈무리되며 눈동자가 섬뜩하
게 빛났다.

'자, 이게 완성품입니다.'

보란 듯이 그의 전신에서도 오러 사슬이 폭발하듯 터져 나
왔다.

―극의, 체인 오브 아포칼립스!

                    ⁂

이미 돛도 마스트도, 심지어 선실마저 박살 난 해적선이었
다.

그 해적선의 절반이 그대로 날아갔다.

콰콰콰콰콰쾅!

그럼에도 해적선은 가라앉지 않았다.

애초에 바람으로 가는 배가 아니었던 것처럼, 부력으로 떠

있는 배도 아니었던 것이다.

무수한 파편의 폭풍 사이로 데스테란은 가랑잎처럼 나부꼈다. 그리고 갑판을 뒹굴더니 격하게 피를 토했다.

"커어어억!"

바로스는 딱히 걱정하지 않았다.

'실버 나이트가 내장 좀 찢어졌다고 죽겠어?'

물론 더 이상 싸울 수 없을 정도의 중상이긴 하다.

피를 토하면서도 데스테란은 재빨리 오러를 운용해 상처를 감쌌다. 그리고 고개를 들어 바로스를 노려보았다.

"가, 강하구나……."

그러더니 묘한 말을 이었다.

"역시 사교도 놈들이 교단의 성검이니 뭐니 하며 떠받들 만하군."

다가가던 바로스가 멈칫했다.

"……어?"

"하지만 네놈들에게 그 작자를 내줄 순 없지."

비틀거리며 데스테란이 다시 몸을 일으켰다.

도저히 싸울 수 없는 상태인데도 결코 무릎 꿇을 생각은 없는 듯했다.

"자, 잠깐만."

당황하며 바로스가 눈을 깜빡였다.

사교도? 교단의 성검?

"댁, 지금 우릴 누구로 알고 있는 거요?"

"착각할 여지가 있나?"

데스테란이 증오를 담아 외쳤다.

"더러운 테스라낙의 개들!"

바로스와 카르나크가 당황하며 전언을 나눴다.

[어쩌다 이런 오해를 사게 된 거죠, 도련님?]

[글쎄?]

그런데 생각해 보니 또 납득은 간다.

어쩐지 하는 말마다 묘하게 핀트가 안 맞는다 했더니, 카르나크 일행을 검은 신의 교단이 보낸 추격자인 줄 알았다면 얼추 말이 되는 것이다.

어이가 없어 바로스가 항변했다.

"아니, 왜 우릴 검은 신의 교단이라고 생각한 겁니까?"

"아니라는 거냐?"

힘겹게 검을 들어 겨누며 데스테란이 비웃음을 흘렸다.

"그럼 어떻게 너희 같은 자들이 존재할 수 있단 말이냐?"

무려 실버 나이트에, 8서클의 마법사에, 자색급과 청색급 오러 유저까지 포진한 일행이었다.

그런데 다들 전혀 알려지지 않았다.

혼자 힘으로도 소국의 운명 정도는 좌지우지할 엄청난 강자들이 떼로 모여 있는데 아무도 그 정체를 모른다니?

게다가 하나같이 너무 어렸다. 결코 저런 경지에 오를 수 없는 연배였다.

"사령술의 힘이 아니고서야, 그 나이에 그런 경지란 게 말이 되느냐!"

바로스가 뻘쭘한 표정을 지었다.

'사실 틀린 말은 아니지만……'

실제로 다들 카르나크가 퍼 준 혼돈마력으로 오러양을 올렸다.

물론 본인들의 재능이 하늘에 닿았기에 가능한 일이긴 하다. 게다가 사령술이 아니라 마령술이다.

하지만 결국 그 근본이 사령술에서 출발한 것은 틀림없다.

그럼에도 데스테란은 일단 지켜보았다.

카르나크 일행이 검은 신의 교단이라는 확실한 증거를 잡을 때까진 경거망동할 수 없었다.

그런 그가 확신을 가진 것은 카르나크의 수법이 펼쳐진 후였다.

"그런 사악한 사령술을 쓰고도 사교도가 아니라고 우기고 싶은 게냐!"

건너편 배에서 상황을 살피던 라피셸이 벌컥 화를 냈다.

카르나크가 누명(?)을 쓰는 모습을 차마 볼 수 없었다.

"그건 사법의 대속자예요! 사령술을 지배하는 방식의! 어디까지나 마법이라고요!"

물론 데스테란도 저런 유의 마법이 요즘 새로 나타났다는 사실은 알고 있었다.

실제로 몇몇 마법사가 구사하는 걸 보기도 했다.

하지만 마법사들이 쓴 사법의 대속자는 잘해야 언데드 한둘을 지배하는 게 고작이었다. 결코 카르나크처럼 수십 개체를 한꺼번에 지배할 순 없었다.

그가 아는 한, 저게 가능한 경우는 하나뿐.

"마법과 사령술을 함께 쓰는 것이야말로 검은 신의 교단이란 확실한 증거다!"

열변을 토하는 데스테란을 빤히 보다가 바로스가 입을 열었다.

"저기, 우리가 사령술을 썼다는 소리는 아닌데요⋯⋯."

반파된 해적선 끝자락에 매달려 있는 사령술사 해적들을 가리키며 어이없다는 듯 묻는다.

"⋯⋯댁들이야말로 사령술 펑펑 쓰지 않았습니까?"

유령선 타고 나타나서 언데드 보내 약탈하려던 놈들이 할 소린 도저히 아닌 것이다.

그러자 이번엔 해적들이 발끈했다.

"네놈들 같은 사교도와 비교하지 마라!"

"추악한 테스라낙의 개들 같으니!"

여기까지는 그렇다 치는데, 한 해적의 외침이 지나치게 어이가 없다.

"우리는 정의로운 사령술을 구사한다!"

카르나크가 이마를 짚었다.

"얘들도 개소리하네."

어이가 없어 말도 안 나왔다.

그 누구보다도 사령술에 대해 정통한 그조차도, 사령술이 사악한 술법이란 사실은 부정하지 않는다.

그런데 뭔 얼어 죽을 정의로운 사령술?

"대체 어떤 놈이 이런 헛소리를 퍼뜨린 거야?"

그때였다.

"와라, 사교도 놈들아!"

데스테란이 검을 겨누며 힘겹게 외쳤다.

"세라칼 님께서 우릴 가호하시니, 그 무엇도 두렵지 않도다!"

황혼의 성도들

신실한 데스테란의 외침에 다른 해적들도 용기를 끌어 올렸다.

"황혼의 여신이여!"

"혼돈의 이름으로!"

"당신의 성도들을 보우하소서!"

멀리서 지켜보던 세라티가 눈을 깜빡였다.

'뭐라는 거지?'

서부 교역 항로를 주로 다니는 물수리의 포효호의 선장과 선원들은 이솔라어를 알고 있었다.

이솔라어는 제국 서부 공용어이면서 유스틸 왕국어이기도 하니 세라티와도 대화가 되었다.

하지만 저 해적들은 남부 제국어를 쓰고 있다. 그녀 입장에선 영 알아듣기 힘든 것이다.

'기분 탓인가, 어째 세라칼 어쩌고 하는 소릴 들은 것 같은데…….'

물론 바로스는 전부 알아듣는다. 그러니 여태 대화도 나눴지.

그가 당황하며 물었다.

"저기, 혹시 황혼교세요?"

데스테란은 대답하지 않았다.

대신 두 눈을 번뜩이며 기도문을 읊조린다.

"내가 사망의 음침한 골짜기로 다닐지라도 해를 두려워하지 않을 것은 세라칼께서 나와 함께하심이라……."

멀리서 지켜보던 카르나크가 헛웃음을 흘렸다.

'황혼교 맞네.'

고대 경전에서 표절한 저 야매 기도문을 읊조리고 있는 걸 보니 매우 확실하다.

어떤 놈이 정의로운 사령술이니 뭐니 하는 헛소리를 퍼뜨렸나 했는데…….

'나였잖아.'

데스테란이 기합을 터트리며 몸을 날렸다.

"타아아앗!"

다른 해적들도 일제히 악령을 소환해 공세를 취한다.

아아아아아!

하나 이는 마지막 발악일 뿐이었다.

이미 지치고 부상당한 이들로서는 상황을 바꿀 수 없었다.

투덜대며 바로스도 마주 몸을 날렸다.

"아, 말 좀 하자니까 참······."

덤벼드는 데스테란의 멱살을 움켜쥐고 가볍게 뒤튼다.

무기술 못지않게 맨손 무술도 능통한 바로스였다. 순식간에 데스테란의 균형이 무너지며 전신이 갑판에 파묻혔다.

콰아앙!

그렇게 바로스가 데스테란을 제압할 동안, 카르나크는 훨씬 간단하게 상황을 정리하고 있었다.

바다 너머로 날아드는 악령들을 향해 한마디 툭 던지면 그만이었으니까.

"꿇어."

모든 악령이 미끄러지듯 바닷속으로 향하더니 꼬르륵 가라앉는다. 그리고 그대로 사라져 버린다.

"헉!"

"저렇게 쉽게?"

절망에 빠진 해적들이 한탄을 흘렸다.

"저 사교도들의 힘이 저토록 강하다니!"

"세라칼이시여, 부디 이 영혼을 구해 주소서······."

데스테란을 짓누른 채 바로스가 건너편 배로 전언을 보냈다.

[제국에도 황혼교가 있었어요, 도련님?]

뺨을 긁으며 카르나크가 애매하게 대꾸했다.

[말로카가 분점 만들었다는 소릴 듣긴 했는데…….]

말로카의 수완은 과연 놀라워, 요 근래 제국 쪽에서도 황혼의 교세를 꽤나 넓히고 있었다.

여명탑의 전투 영상 자료를 따 온 루트도 그 제국 쪽 황혼교를 통해서였다.

[하지만 자세한 이야기는 아직 못 들었어. 워낙 내 쪽 일이 바빠서. 나중에 한꺼번에 정리해서 보고받을 생각이었지.]

[그래도 데스테란 경 정도의 거물이 황혼교에 들어왔다면 말로카 공이 보고를 하지 않았을 리 없잖아요?]

[아마 말로카에게도 아직 연락이 가지 않은 게 아닐까?]

충분히 있을 수 있는 일이었다.

말로카도 제국과 7왕국을 오가는 입장이다 보니 연락에 몇 개월씩 간격이 생긴다.

하여튼 이자들이 진짜 황혼교라면 이대로 죽여 버릴 순 없었다.

고함을 터트리며 카르나크가 마법으로 몸을 띄웠다.

"잠깐만! 우리도 황혼교다!"

그리고 바다를 건너 해적선 쪽으로 넘어갔다.

"당신들이 진정 황혼을 기다리는 자들이라면!"

모두의 앞에 엠블럼 하나를 내민다.

평소 황혼의 전령들에게 신분을 증명할 때 쓰는 징표였다.

"이를 알아볼 터!"

과연 데스테란도 다른 해적들도 징표를 알아보았다.

하지만 믿지는 않았다.

"흥!"

"이제 와서 교도인 척하는 거냐?"

"누가 그런 하찮은 수작에 속을 것 같으냐!"

그럴 이유가 있었다.

"제대로 알지도 못하고 위조를 했구나, 사교도 놈들!"

"그 문양은 바로나크 교주의 상징이다!"

"이왕 위조를 할 거면 좀 현실적인 상징을 갖다 썼어야지!"

베일 속에 감춰진 황혼의 교주, 바로나크.

그 정체불명의 성인이 실은 아직 새파랗게 젊은 20대 젊은이란 게 과연 납득이 가는 이야기일까?

바로스가 떨떠름한 표정을 지었다.

'하긴, 나라도 안 믿겠네.'

반면 카르나크는 그럴 줄 알았다는 반응이었다.

"물론 믿기 힘든 건 이해한다. 하지만 이걸 생각해 봐라."

의아해하는 데스테란과 해적들을 노려보며 싸늘한 목소리를 이어 간다.

"우리가 지금, 이런 하찮은 수작까지 해 가면서 너희를 속여야 할 입장이냐?"

생각해 보니 맞는 말이었다.

승패는 진작 갈렸다.

이들의 목숨은 철저히 카르나크 일행 손에 놓여 있다.

굳이 증표니 뭐니 내밀면서 환심 살 이유가 없는 것이다.

"그, 그건……."

데스테란의 살기가 누그러질 때였다.

건너편 배에서 두 사람이 더 건너왔다. 세라티와 라피셀이었다.

카르나크가 해적선으로 건너가니 둘도 걱정이 되어 따라온 것이다.

재빨리 카르나크 곁에 착지하며 세라티가 물었다.

"아까부터 대체 뭐라는 거예요?"

그런 그녀의 얼굴을 본 데스테란의 안색이 급격하게 굳었다.

"앗?"

물수리의 포효호에 타고 있어서 미처 알아채지 못했는데, 가까이에서 보니 그녀의 외모가 꽤나 익숙했다.

"저, 저 얼굴은…… 어떻게……."

다른 해적들도 마찬가지였다.

"여, 여신이시여?"

"세라칼 님?"

"아니, 저건 그냥 인간인데……."

"하지만 어찌 저리 세라칼 님과 똑같이 생긴……."

아무리 말을 알아듣지 못한다 해도, 이렇게 사방에서 노골적으로 자신을 노려보는데 모를 리 없다.

세라티가 라피셀에게 슬쩍 물었다.

"뭐라는 거니?"

라피셀이 당황한 얼굴로 대꾸했다.

"언니를 보더니 황혼의 여신이랑 똑같이 생겼다며 놀라고 있어요."

"뭐?"

그때였다.

짚이는 게 있는 듯 카르나크가 손바닥을 딱 쳤다.

"어, 그러고 보니 그렇겠네!"

[저기, 카르나크 님?]

그를 돌아보며 세라티가 방긋 웃었다.

[……이번엔 또 무슨 짓을 하신 건가요?]

[아, 별건 아니고…….]

＊

한창 말로카가 황혼교의 교세를 넓히기 위해 동분서주할

때였다.

"신도들에게 믿음을 주기 위해선 눈에 보이는 상징물이 필요합니다."

황혼의 여신 세라칼을 믿으라고 했는데, 그게 어떻게 생겼는지 정도는 보여 주어야 믿음이 가는 것이다.

즉, 우상으로 쓸 만한 적절한 모델이 필요하다는 게 말로카의 요구였다.

"그게 세라티?"

"네."

"세라칼의 이름을 세라티에서 따왔기 때문에?"

"꼭 그런 건 아니고요."

훨씬 단순한 이유였다.

"제가 아는 여성 중에선 세라티 경이 제일 예쁘거든요."

"고작 그런 이유야?"

"이거 생각보다 중요한 문제입니다만?"

자고로 인간이란 외모에 좌지우지되는 종자인 법이다.

게다가 여신쯤 되면 다들 인세를 초월한 아름다움을 지니고 있을 거라 기대하기 마련.

"그러니 그만큼 걸출한 미녀를 보여 주어야죠."

"세라티가 그 정도로 미녀인가?"

"세라티 경 정도면 어디 가서 꿀리진 않습니다만."

게다가 그녀는 어디까지나 모델이다.

"얼굴만 따 간 다음, 최대한 꾸며서 성화와 성상으로 배포할 생각입니다."

이런 이유로, 미모가 극도로 업그레이드된 세라티의 초상화가 황혼교회 전역에 여신의 성화로 걸리게 된 것이다.

※

[……라던데?]

"……."

세라티는 잠시 침묵했다.

'그러니까 지금 내 얼굴을 가져가서 황혼의 여신이랍시고 사방팔방에 퍼뜨렸다고?'

너무 어이가 없어 한 템포 늦게 발끈했다.

[이래도 되는 거예요? 내 초상권은!]

[엄밀히 말하면 그 초상권, 내가 가지고 있지.]

[내 얼굴이잖아요!]

[난 네 주인이잖아.]

[윽…….]

세라티는 두통을 느꼈다.

사악한 사령술사의 권속이 될 때 온갖 최악의 상황을 각오하긴 했지만…….

'설마 이런 식일 줄은 몰랐는데.'

저 흉악하게 생긴 해적들이 자기 얼굴에 대고 '여신님, 여신님.' 하고 기도 올리고 있는 모습을 떠올리자니 소름이 끼칠 지경이었다.

[너무하네. 생긴 거 가지고 사람 차별하는 거야?]

비록 겉모습은 저래도 누군가에겐 좋은 아버지, 좋은 남편일 수도 있지 않은가?

[애초에 해적이거든요!]

남의 배 털고 사람 죽이는 해적이 좋은 사람일 리가!

하여튼, 왜 데스테란이 세라티를 보고 놀랐는지는 알겠다.

[그런데 어째서 여신이랑 똑같이 생겼는지 묻는다면 뭐라고 대답해야 하죠?]

[글쎄.]

이건 제아무리 카르나크라도 바로 답이 떠오르지 않았다.

그때였다.

"그렇다면 혹시……."

제압되어 있던 데스테란이 경건한 표정으로 세라티를 올려다보며 조심스레 물었다.

"황혼의 성녀이십니까?"

바로스와 세라티가 카르나크를 돌아보며 해명을 바라는 눈빛을 보냈다.

[황혼의…….]

[……성녀요?]

[이건 뭔 소린지 나도 모르겠는데.]

대체 본토(?) 황혼교에선 존재하지도 않는 성녀가 어디서 튀어나왔는지 모르겠다.

[말로카가 멋대로 뭘 덧붙였나?]

일단 둘러대 보았다.

"그녀가 여신의 얼굴을 지니고 있는 건 사실이지."

일단 거짓말은 아니었다. 그리고 이들에겐 그걸로도 충분한 것 같았다.

"오오!"

"정녕 성녀셨구나!"

"황혼의 성녀님을 뵙습니다!"

해적들이 차례대로 무릎을 꿇었다.

실로 여신 앞에 무릎 꿇는 성직자들의 태도 그 자체였다.

데스테란 역시 카르나크를 돌아보며 이해했다는 듯 고개를 끄덕인다.

"그렇다면 당신도 바로나크 교주가 맞겠군."

교주란 걸 인정하면서도, 어째 태도가 별로 예의 바르진 않다.

"성녀님을 보필하기 위해 이 바다까지 나오신 건가?"

카르나크는 머리를 긁었다.

'대체 제국 쪽에서 황혼교 교리가 어떤 식으로 퍼졌기에 얘들이 이런 식으로 나오는지 모르겠네.'

어쨌거나 대화를 할 분위기가 만들어진 건 사실이었다.

'일단 캐묻고 보자. 그래야 상황이 이해가 가겠다.'

바로스가 데스테란을 도로 일으켜 세웠다. 카르나크가 차분히 질문을 던졌다.

"데스테란 경, 당신은 서치 블랙의 수장이 아니었나?"

"그렇소."

"그런 당신이 어쩐 일로 황혼교에 입교하게 된 거지?"

"그것은……."

제국 수도의 어둠을 지배하는 범죄 조직, 서치 블랙.

이들은 자연스럽게 검은 신의 교단과 활동이 겹칠 수밖에 없었다.

양쪽 모두 기득권의 손길이 닿지 않는 영역에서 활동하고 있으니까.

둘은 연신 서로 충돌했다.

검은 신의 교단이 데스테란을 포섭하려 시도한 것도 여러 번이었다.

사실 초반엔 검은 신의 가르침에 혹했던 시절도 있었다.

검은 신의 교단은 어둠의 영생을 약속했고, 이는 그가 평소에도 꿈꾸던 것 중 하나였으니까.

"아마도 중간에 변화가 일어나지 않았다면 그대로 검은 신의 교도가 되었을지도 모르오."

황혼교라는 새로운 사교가 나타났다.

검은 신의 교단과 마찬가지로 사령술을 다루고, 어둠의 영생을 약속하는 이들이었다.

처음에는 그냥 호기심에 찾았을 뿐이다.

검은 신의 교단도 몇 번 염탐해 보았으니, 황혼교도 마찬가지로 정보 정도는 파악해 둘 필요가 있었다.

그런데 황혼교의 가르침은 검은 신의 교단보다 훨씬 설득력이 있었다. 적어도 데스테란에겐.

특히 교리 중 일부는 마치 자신의 마음속을 들여다본 것 같았다.

"평생 고민하던 의문이 풀리는 기분이었지. 정말 뇌리에 번개가 스치는 느낌이었소."

진리를 접한 데스테란은 점점 더 황혼교에 매료되었다.

그리고 정신 차려 보니, 어느새 그는 제도의 황혼교인 중에서도 가장 신실한 이들 중 하나가 되어 있었다.

그렇게 교단과 여신을 위해 헌신할 기회만을 찾고 있던 그때.

"소식을 접했지. 저 간악한 엘레자르와 드렐타인이 디오그레스 콜론을 노리고 있다는 소식을."

이야기를 듣던 카르나크가 문득 물었다.

"제도 쪽 황혼교라고 했었지?"

"그렇소."

"그렇다면 말로카에 대해서도 알고 있나?"

"미사에 참석해 그분의 설교를 들은 적이 있소. 멀리서 지켜보기만 했지."

"그렇다는 건, 교 내에서 정체를 밝히지는 않았단 소리군?"

데스테란은 고개를 끄덕였다.

"말로카 장로는 아직 내 진짜 신분을 모르오."

과연, 어째서 그녀가 아무런 보고도 하지 않았는지 이해가 간다.

데스테란이 감격한 얼굴로 중얼거렸다.

"황혼의 여신을 만난 뒤 난 다시 태어났소. 그래서 미사에 참석할 땐 오직 1명의 평신도로서 그분을 배알하고 싶었지."

하나 디오그레스 사건이 터지자 더 이상 정체를 숨길 수만은 없게 되었다.

제국의 대마법사가 제국의 무왕과 다른 대마법사에게 숙청된다?

이건 아주 유쾌한 일이다. 그가 굳이 손을 대고 말고 할 필요도 없다.

하지만 검은 신의 교단에 포섭된다면?

결코 용납할 수 없는 일이지.

"목숨 걸고 막아야지. 그것이 세라칼 님을 섬기는 이의 의무가 아니겠나?"

다른 황혼교도들이야 힘이 없으니, 말로카를 도와 정보를 수집하는 것이 여신과 교를 위한 최선의 길이다.

하지만 자신은 다르지 않은가?

"원래는 말로카 장로에게 내 진짜 정체를 알리고 정식으로 성무를 받들 생각이었소. 하나 이미 그녀는 자리를 비웠더군."

당시 말로카는 카르나크에게 보고하러 7왕국 연합으로 향한 후였던 것이다.

"그래서 어떻게든 스스로 문제를 해결해 보려 했지. 다행히 내겐 그럴 만한 힘과 영향력이 있었고."

서치 블랙을 움직여 돌아가는 상황을 파악한 뒤 디오그레스 콜론을 구하기 위해 여명탑으로 향했다.

"디오그레스 그 작자는 여전히 마음에 들지 않지만……."

세라티를 돌아보며 데스테란이 엄숙한 표정을 지었다.

"여신을 올바르게 섬기기 위함에 있어 속세의 감정 따위 무슨 의미가 있겠습니까?"

그러더니 황혼교의 가르침 일부를 나직이 읊조린다.

"세라칼께서도 말씀하셨지요. 세상이 진정 올바르게 돌아가려면 누군가는 스스로 지옥에 떨어져야 한다고."

옆에서 상황을 지켜보던 바로스가 묘한 표정을 지었다.

'어쩌다 데스테란 경이 황혼교에 들어왔나 했더니…….'

원래부터 데스테란은 7여신교를 극히 싫어했고 사령술에 대한 관심도 많았다. 전생의 그 역시 저런 이유로 결국 카르나크의 휘하로 들어왔다.

'황혼교 역시 사령술을 긍정하는 곳이니 취향상 맞기는 했겠지.'

그래도 지금 보이는 모습은 영 어색하다.

현재의 데스테란은 단순히 황혼교에 관심이 있는 정도가 아니었으니까.

아무리 말로카가 교리를 잘 세웠다지만, 서치 블랙이라는 거대 조직의 수장이며 실버 나이트의 경지에까지 오른 이가 저렇게나 순진하게 남의 말에 휘둘릴 수 있을까?

그런데 방금의 읊조림을 들어 보니 납득이 갔다.

'저거 말년의 데스테란 경 말버릇이잖아?'

정확히는 악행 저지를 때마다 입에 담던 변명 같은 것이었다.

사람을 그렇게 죽여 대고도 매번 뻔뻔하게 저 소릴 해 대곤 했다.

저 인간이 괜히 카르나크랑 죽이 잘 맞았던 게 아니다. 다 그만큼의 인성이 뒷받침되었으니 가능했지.

그리고 말로카는 어디까지나 행정의 달인이지, 무슨 종교 개혁가가 아니다.

그녀가 세운 교리라지만 실제로 직접 창안한 부분은 거의 없다. 전부 어디선가 갖다 쓴 것들뿐.

여신교 교리에 맞지 않아 이단으로 선정된 고대 경전 중 그럴듯한 것들을 모으고, 모자란 부분은 그녀가 평소 보고 들은 개똥철학들을 이어 붙여서 만든 게 이 황혼교의 교리였다.

자, 여기서, 그렇다면 네크로피아 제국의 4대 총독 중 하나였던 말로카가 평소 보고 들은 게 무엇이겠는가?

전부 다른 카르나크 부하들의 말밖에 없는 것이다. 개중엔 당연히 늙은 데스테란의 어록도 있었고.

데스테란이 휘둘린 건 자기 자신의 말이었다.

아직 자신이 하지 않은, 하지만 그 누구보다도 본인의 사상에 딱 맞아떨어지는, 미래의 자신이 한 발언.

'자기가 할 법한 소리를 남의 입에서 들었으니 그럴싸할 수밖에.'

데스테란이 이야기를 이어 갔다.

"물론 무왕과 대마법사, 2명을 전부 상대하는 건 결코 쉬운 일이 아니었지. 하지만 행운이 따라 주었소."

확실하게 디오그레스를 제압했다고 여긴 드렐타인이 엘레자르에게 남은 일을 맡기고 자리를 이탈했던 것이다.

지휘관으로서 당연한 행동이긴 했다. 아직 여명탑 전투가 채 끝나지 않았으니, 목적을 달성한 시점에서 어서 군세를 정비해 마무리를 지어야 했으므로.

그 결과 홀로 남은 엘레자르 정도는, 데스테란 역시 은검의 경지이니 어떻게든 감당할 수 있었다.

"그녀는 마법을 봉인한 채 오직 사령술만을 쓰고 있었소. 대마법사는 물론 두렵지만 검은 신의 사령술사라면 상대할 만했지."

용케 엘레자르의 눈을 속여 디오그레스를 빼돌릴 수 있었다.

이후 내내 그를 보호하며 검은 신의 교단과 제국의 추적을 피해 움직였다.

"그러다 보니 이 남해까지 내려오게 되었다오. 그 와중에 이들과 만나 도움도 좀 받았고."

다른 해적들을 돌아보며 레번이 물었다.

"이들은 어떻게 알게 되어 도움을 받은 겁니까?"

데스테란이 빙그레 웃었다.

"황혼의 교우들에게 연락을 했거든."

"아니, 그러니까 황혼교에 연락했는데 왜 해적이⋯⋯."

해적 중 1명이 쑥스럽다는 듯 말했다.

"저희가 태리스터 교구인뎁쇼."

"⋯⋯어머?"

세라티는 놀라 카르나크를 돌아보았다.

그냥 황혼교 믿는 해적 정도가 아니라, 아예 이들이 주체였다고?

[황혼교는 해적질 같은 악행은 안 하는 거 아니었어요? 그럼 이건 뭐예요?]

카르나크가 머쓱해하며 대꾸했다.

[조직이 커지면 원래 이렇지, 뭘.]

그렇다.

시작은 검은 신의 교단만 노리는 필요악이었지만, 세상 모든 조직이 그렇듯 덩치를 불리다 보니 독자적으로 움직이는 이들이 적지 않게 된 것이다.

[이거, 검은 신의 교단 잡겠다고 더한 문제를 세상에 풀어 버린 느낌인데요…….]

[당장 쓸모는 있잖아, 그래도.]

데스테란이 이야기를 이었다.

"안 그래도 슬슬 교단과 연락을 취할 생각이었소. 그런데 먼저 그대들과 조우하게 되다니, 정녕 여신의 뜻은 필부인 이 몸이 알 수 없는 것이구려."

그러더니 또 감동한 듯 양손을 모으며 기도를 올린다.

"세라칼께서 은총의 손을 뻗으시어 이 망망대해에서도 우리를 이어 주셨으니, 이것이야말로 그분의 인도하심이로다……."

보아하니 기도 하루 이틀 해 본 게 아닌 듯했다. 문구가 입에서 아주 자연스레 흘러나오고 있었다.

덕분에 카르나크와 바로스는 연신 혀만 찰 뿐이었다.

[와, 기도 경건한 거 봐라.]

[그러게요. 뭔가 신기하네. 이 양반이 이런 성격이었나?]

이후 해적들의 배를 빌려 디오그레스와 데스테란은 용의 섬으로 향했다.

"마법을 되찾으려면 용의 뼈가 필요하다고 하더군. 마법 사답게 뭔가 이론도 주절주절 떠들어 댔는데, 그거야 난 들어도 어차피 모르는 소리고."

그러던 중이었다.

태리스터 항구에 정체불명의 외지인이 나타났다는 소식을 접했다.

이미 교단의 성검이란 자가 검은 신의 정예들을 이끌고 자신들을 뒤쫓고 있다는 정보는 알고 있던 데스테란이었다.

그런데 외지인의 정체가 실버 나이트를 위시한 강력한 오러 유저와 마법사, 성직자라면?

"당연히 검은 신의 추적자들이라고 볼 수밖에 없지 않겠소? 황혼교에서 조력자를 보냈을 것이란 생각은 미처 못 했으니 말일세."

세라티를 돌아보며 데스테란이 성호를 그었다.

"세라칼이시여, 당신의 권능을 믿지 못한 이 죄 많은 종을 용서하소서."

뭐랄까, 보고 있으면 기가 찰 정도로 신실한 교인이었다.

게다가 태도를 보면 어째 세라티를 카르나크보다 높게 대하는 것 같다.

이들이 믿는 황혼교에선 성녀가 교주보다 윗사람인 것이다.

[뭐가 어떻게 전해졌기에 본토 황혼교랑 이렇게나 다르죠, 카르나크 님?]

[나도 모르겠는데, 여기선 일단 장단을 맞추자, 세라티.]

한편 다른 해적들은 한층 느긋해진 얼굴로 떠들고 있었다.

"그렇군, 사실은 모두 한 가족이었나?"

"어쩐지 너무 강하다 했어."

"세라칼 님의 은총이었군!"

카르나크 일행이 강한 것과 세라칼의 은총이 대체 무슨 상관인지 모르겠지만, 원래 광신도들은 세상만사를 모두 신의 뜻으로 연결 짓기에 광신도인 법.

하여튼 분위기는 실로 화기애애했다.

조금 전까지 목숨 걸고 싸우던 이들은 온데간데없고, 오랜 교우를 만난 기쁨만이 반파된 유령선을 가득 메운다.

물론 모두가 저런 분위기인 것은 아니었다.

일단, 돌변한 상황에 두려워 떠는 이들이 있었다.

"서, 선장님?"

"이거 무슨 일인 겁니까?"

물수리의 포효호 선원들이었다.

방금 전까지만 해도 참으로 든든한 동료이자 방패들이었다.

저들의 가공할 실력이라면 거추장스러운 해적들을 모조리 잡아 줄 것이라 믿어 의심치 않았다.

그런데 대화 좀 나누더니 해적들이랑 한패가 됐네?

선장이 이를 갈았다.

"속았다! 다들 한통속이었어!"

물론 이만 갈고 끝이었다.

이 상황에서 선장과 선원들이 무엇을 할 수 있겠는가? 그저 덜덜 떠는 것 외에 말이지.

밀리아와 라피셀 역시 당황하긴 마찬가지였다.

"……황혼교? 심지어 카르나크 대장님이 교주?"

"세라티 언니가 성녀라고?"

권속으로 만든 후 밀리아에게 이것저것 알려 주긴 했지만, 아직 황혼교에 대한 이야기까지는 하지 않았던 것이다.

딱히 일부러 감추려고 한 건 아니고, 그냥 숨기고 있는 게 워낙 많다 보니 까먹었다 쪽이었다.

그래도 밀리아는 금방 납득할 수 있었다.

'하긴, 평소에도 어째 수상한 점이 많다고 느끼긴 했으니

까.'

사실 이전에는 저런 거 느낀 적 없었다. 그냥 일 잘하고 밥 잘 사 주는 대장이라고만 생각했지.

하지만 권속이 된 후 다시 떠올려 보니 이래저래 의심 가는 일이 많긴 했다.

반면 라피셀의 경우에는 연신 당황할 뿐이었다.

'이게 대체 뭔 소리지?'

딱히 속았다고 분노하거나 놀라지는 않았다.

그저 멍한 얼굴로 두 눈만 연신 깜빡일 뿐이다.

그럴 만한 이유가 있었다.

'둘 다 항상 나랑 같이 있었는데. 그런 사람들이 대체 언제 황혼교주가 되고 성녀가 돼?'

배우자가 바람을 피운다고 의심하려면, 수시로 자리를 비우거나 어디론가 사라져야 한다.

24시간 옆에 붙어 있는 양반이 바람을 피웠다고 하면 이게 대체 뭔 소리냐 싶지 않겠나?

의심도 뭔가 정황이 있어야 하는 법인 것이다.

"저기, 이게 무슨 소리예요, 언니? 카르나크 님이 황혼교 주라니?"

"아, 그게……."

세라티는 당황했다.

미처 못 느꼈는데, 이 역시 자칫하면 어른 라피셀 출몰 조건 아닌가?

'이걸 뭐라고 설명해야 하지?'

다행히 바로스가 재빨리 끼어들었다.

이미 이 문제에 대해선 카르나크와 상의를 끝낸 지 오래였다.

—황혼교, 라피셀에게 들키면 어쩌실래요?

—그러게. 미리 변명거리부터 만들어 놓자.

라피셀에게 다가가 허리를 숙이고 작게 속삭인다.

'검은 신의 교단을 상대하기 위한 비밀 작전이야. 자세한 건 기밀이지만.'

뭐, 틀린 말은 아니었다.

'교주란 것도 어디까지나 명목상일 뿐이니까, 적당히 말을 맞춰.'

역시나 아주 거짓말은 아니다. 진실이라 하기에도 애매해서 그렇지.

그래도 라피셀에겐 만족스러운 대답이었다.

'아하!'

아마도 킹스 오더의 비밀 작전인가 보다 하며 그녀가 고개를 끄덕였다.

'네, 저도 눈치껏 행동할게요!'

그렇게 라피셸까지 다독인 뒤.

카르나크가 데스테란에게 물었다.

"자, 그럼 디오그레스 공을 만나게 해 주시겠나?"

"용의 섬으로 안내하지."

고개를 끄덕이다 말고 데스테란이 문득 주위를 둘러보며 난처한 표정을 지었다.

"아, 그런데……."

"무슨 문제라도 있나?"

확실히 문제가 있긴 했다.

"……배 좀 얻어 타도 되겠소? 우리 배는 슬슬 가라앉기 일보 직전이라서 말이지."

⁂

화창한 푸른 하늘 아래, 배 한 척이 우아하게 바다를 가르고 있었다.

용의 섬으로 향하는 물수리의 포효호였다.

일단은 태리스터 항구를 출항할 때와 똑같은 모습인데, 구성원에 상당한 변화가 생겼다.

갑판마다 흉악하게 생긴 해적들이 편안히 앉아 있었으니까.

"배 박살 나서 어떻게 돌아가나 걱정했는데……."

"다행히 방법이 생겼구먼."

"이게 다 세라칼 님의 은총 아니겠나?"

"혹시 남은 럼 같은 것 없소, 이 배에?"

약탈하려던 배에 태연하게 올라탄 걸로도 모자라, 뻔뻔하게 술까지 찾는 해적들이었다.

그들을 힐끔거리며 선원들이 물었다.

"어쩌다가 상황이 이렇게 된 걸까요, 선장님?"

선장은 해탈한 표정을 짓고 있었다.

그저 타륜을 움켜쥔 채 아무 생각 없이 배만 몰 뿐.

"모르겠다. 난 이제 아무것도 모르겠어……."

한편 카르나크 일행은 다른 해적들에게 궁금한 걸 묻고 있었다.

"아까 정의로운 사령술이란 건 무슨 뜻으로 한 말인가?"

검은 신의 교단은 사령술을 죽음의 신 테스라낙의 신성 주문이란 식으로 가르친다.

반면 황혼교는 그렇지 않았다.

말로카가 세운 황혼교 교리에선 사령술을 필요악으로 규정한다.

'그런데 대체 정의 타령은 뭐람?'

이들이 분명 황혼교를 표방하고 있긴 한데, 어째 진짜(?)와 차이가 꽤 큰 것이다. 대체 어찌 된 영문인지 알아봐야 했다.

하지만 대놓고 물어보기도 애매하다.

그건 '당신들이 믿는 황혼교는 틀렸다.'라고 말하는 것이나 마찬가지인 것이다.

원래 틀린 걸 틀렸다고 하면 앞뒤 안 가리고 날뛰는 게 광신도인 법.

그러니 살살 달래 가며 질문한다.

"황혼교는 물론 정의롭지만, 사령술은 그래도 경계해야 하는 수법이 아닌가?"

대답은 영 시원찮았다.

"그런가요?"

"그리고 보니 그런 소리도 들은 것 같기도…….'

"그때 신관님이 뭐라셨더라?"

해적들이라고 딱히 교리에 해박한 건 아니었다.

다들 일자무식인데? 그냥 황혼교 신관이 그렇다니까 그런 줄 아는 거지.

참고로 황혼교에도 신관은 있다.

실제로 신성술을 쓸 수 있는 건 아니고, 아크 리치 4대 장로가 황혼교를 세우는 과정에서 신뢰할 만한 이들에게 사령술과 마법을 전파해 주고 교리를 퍼뜨려 신관으로 임명한 것이다.

하여튼 해적들의 말을 종합해 보면 대강 이런 논리인 것 같았다.

사령술이 악이란 건 부인하지 않는다.

하지만, 악이 반드시 불의이고 선이 반드시 정의인가?

황혼교는 검은 신의 교단처럼 악을 선이라 하지 않는다. 또한 여신교처럼 앞뒤가 다른 위선을 떨지도 않는다.

사령술은 필요악.

악을 행해서라도 의를 세우니, 이것이 바로 황혼의 정의로다!

"……라시던데요?"

"뭐, 다른 말씀도 많이 하시긴 했는데……."

"다 외울 순 없어서……."

그렇다.

설교 중 자기들 취향에 맞는 것만 쏙 빼먹은 결과였다.

"어, 음."

어이가 없어 카르나크는 말문을 잃었다.

하지만 동시에 왜 해적들이 황혼교에 빠져들었는지도 알겠다.

평소 악행을 저지르던 놈들에게 실은 너희들도 정의롭다고 해 줬으니 빠지지 않을 리가?

옆에서 듣고 있던 레번이 걱정스러운 얼굴로 전언을 보냈다.

[이래도 되는 겁니까? 이건 그냥 또 하나의 검은 신의 교단인데요.]

[아직 그 정도는 아니긴 한데⋯⋯.]

그렇다고 사교도가 아니냐 하면 그것도 아니다.

솔직히 이대로 황혼교가 더 커지면 세상은 충분히 어지럽힐 것 같다.

이유를 깨달은 카르나크가 혀를 찼다.

[7왕국 연합과 제국의 상황이 다른 게 문제구만.]

7왕국 연합에선 황혼교가 꽤나 긍정적으로 받아들여진다. 검은 신의 교단 제거가 최우선인 시점에서 쓸 만한 사냥개로 인정받았으니까.

반면, 라케아니아 제국은 이미 반쯤 검은 신의 교단이 먹어 치웠다.

엘레자르와 드렐타인이 제국 권력의 중추에 앉아 있는 만큼, 겉으로 드러내진 못해도 제도적으로 상당히 물렁하게 검은 신의 교도들을 대하고 있다.

제국에선 황혼교가 오히려 7왕국 연합에서의 검은 신의 교단 위치인 것이다.

그러니 제국도 여신교도, 이쪽 황혼교도들에겐 검은 신의 교단과 한통속으로 보일 뿐.

이것이야말로 황혼교 교리 중 하나인 '세상을 올바로 세우기 위해선, 스스로 지옥에 들어갈 필요가 있다.'라는 상황이 아니겠는가!

'거참, 일단 듣고 보니 또 말은 되는 것 같은데⋯⋯.'

그리고 '황혼의 성녀'라는 게 어떻게 튀어나왔는지도 알게 되었다.

원래는 말로카도 딱히 성녀란 개념까지 교리에 넣진 않았다. 그런데 제국 서부, 정확히는 그렌탈 영지 쪽으로 교세를 넓히면서 문제가 생겼다.

그렌탈 영지는 원래 휴델 백작이 차지했던 영역으로 카르나크 일행도 몇 번이나 들락거렸던 곳이다.

그곳 출신의 교도들에게서 이런 의문이 튀어나온 것이다.

－앗! 나, 여신님이랑 똑같이 생긴 여자 봤는데?
－나도!

그때까지만 해도 말로카는 실존 인물인 세라티가 문제가 될 것이라곤 미처 생각지 못했다.

그녀가 죽은 지 너무 오래된 아크 리치란 점이 문제였다.

사람 얼굴보다 해골 상태를 더 잘 구별하는 말로카다. 반대로 말하면, 사람의 얼굴을 구별하는 것에는 많이 취약하단 소리다.

그녀 딴에는 워낙 세라티의 미모를 과장해서 성화와 성상을 만들었으니 진짜 얼굴과는 많이 달라진 줄 알았던 것이다.

게다가 말로카가 평소 이런 사고방식의 소유자였던 것도

있었다.

ー미녀의 얼굴이란 거, 전부 거기서 거기 아닌가?

인간, 특히 젊은 남자가 미녀에게 보내는 관심과 집중이 얼마나 지대한지 미처 짐작하지 못한 게 화근이었다.

세라티는 그렌탈 영지에서 이래저래 얼굴을 많이 드러냈다. 그리고 싸우는 미녀의 모습은 굳이 젊은 남자가 아니더라도 강렬하게 인상에 박히기 마련이다.

다른 교도들 중에서도 그녀를 봤다는 이들이 점점 늘어 갔다.

그래서 말로카는 고민에 빠졌다.

아무 상관도 없는 이라면 그냥 우연이라고 우기면 된다.

하지만 세라티는 카르나크의 권속 중 1명, 황혼교와 자주 얽힐 수밖에 없는 이였다.

그러다 보니 나온 개념이 세라칼의 화신, 황혼의 성녀였던 것이다.

여기까지가 말로카가 벌인 짓이고, 이후의 성녀 우상화는 제국 황혼교가 자체적으로 만들어 낸 것 같았다.

'왜 황혼교주 보고도 덤덤한가 했더니, 이것도 교리가 좀 다른 탓이었군.'

이들에게 교주는 그저 여신의 첫 번째 종이었다.

줄 먼저 서서 먼저 자리 잡은 사람에 불과하달까?

대단한 사람이고 자기보다 상급자인 것은 맞지만, 위대하거나 경외심을 바쳐야 할 존재까진 아니다.

그런 건 황혼의 성녀께 바쳐야 한다.

[듣고 보니 별로 신기한 일도 아니네. 종교가 커지면 흔하게 일어나는 일이잖아?]

말로카도 딱히 나쁘지 않다고 판단해 내버려 둔 듯했다.

황혼교도들의 신앙심이 더욱 깊어진 것은 사실이었고, 황혼의 최고 존엄(?)이 교주건 성녀건 간에 어차피 카르나크 손아귀에 있긴 마찬가지니까.

그저 세라티만 한숨을 푹푹 쉴 뿐이었다.

[전 그럼 앞으로 성녀 행세까지 해야 하는 거예요?]

[딱히 그럴 필요는 없는 것 같던데.]

제국 황혼교 교리에 따르면, 세라티는 분명 세라칼의 화신이지만 아직 각성하기 전이라 평범한 인간일 뿐이었다.

그래서 데스테란이나 다른 해적들도 세라티의 반응에 별 어색함을 못 느꼈던 것이다.

현재 가장 어색해하고 계실 분은 황혼의 성녀, 본인일 테니까!

'……돌겠네.'

현기증이 일어 세라티는 이마를 짚었다.

분명 얼마 전까지만 해도 데라트 시티의 미녀 오러 유저로 인정받으며 조촐하게 살아온 자신이 어쩌다 여기까지 오게 된 걸까?

카르나크가 그녀를 달랬다.

[세라티가 골치 아플 일은 없을 거야. 이들이라고 딱히 성녀에게 뭘 기대하는 것 같진 않으니까.]

그리고 시선을 갑판 반대쪽으로 옮겼다.

[지금 골치 아픈 건 오히려 저쪽이지.]

바로스와 데스테란이 뱃전에 기대어 대화를 나누고 있었다.

데스테란이 뭔가를 캐묻고, 바로스가 쩔쩔매며 대꾸 중이다.

[바로스 녀석, 어떻게 둘러댈 셈이지?]

⁂

한때 심각한 중상을 입은 데스테란이었지만 지금은 꽤나 멀쩡해 보였다.

밀리아로부터 신성 치유를 받아, 완치까진 아니더라도 상당히 몸이 회복된 덕분이었다.

참고로 밀리아를 본 데스테란은 다시 한번 세라칼 님의 위대함을 칭송했다.

－라티엘의 신관이 황혼의 교리에 몸담았는가? 이것이야
말로 정녕 세라칼 님을 찬양할 일이로다! 으하하하!

　당연히 밀리아는 발끈했다.
　비록 카르나크의 권속이 되었다 해도 라티엘을 섬기는 그
녀의 마음에는 여전히 변함이 없었다.
　있어도 곤란하다. 신성 주문 못 쓰게 되는데?
　시기적절하게 카르나크의 전언이 들리지 않았다면 바로
대들었을 것이다.
　[미안해. 일단 참아. 나도 이렇게까지 될 줄은 몰랐어.]
　어쨌든 몸을 추스른 데스테란은 이내 궁금한 점을 캐묻기
시작했다.
　특히 바로스에게.
　"대체 내 사슬검은 어찌 터득하셨는가?"
　카르나크 일행이 검은 신의 교단인 줄 알았을 땐 딱히 이
상할 것이 없었다.
　서치 블랙에는 데스테란의 사슬검을 전수받은 오러 유저
가 제법 존재했다.
　그리고 검은 신의 교단과 충돌이 잦았다.
　적을 알고 나를 알면 백전불패인 법.
　검은 신의 교단은 데스테란의 수법을 파악하기 위해 그의
부하들을 확보해 강제로 사슬검 사용법을 캐내곤 했다.

바로스가 사슬검을 선보이자 데스테란이 분노를 터트린 이유였다.

"하지만 자넨 암흑교단 놈이 아니었지. 그런데 어떻게 내 사슬검을 쓰는 거지?"

이때만 해도 바로스에겐 미리 준비해 두었던 변명거리가 있었다.

"당신의 사슬검은 분명 대단합니다. 하지만 그것이 하늘에서 뚝 떨어지진 않았잖습니까?"

오러로 사슬을 만들어 다루는 검술 자체는 예전에도 존재했다.

바로 데스테란의 스승인 퍼플 나이트 블란도 역시 오러 사슬검을 다루었으니까.

"하지만 자네의 사슬검은 블란도류가 아니었는데?"

누가 봐도 데스테란류였다.

"시작이 같으니 결과도 비슷하지 않겠습니까?"

"……그런가?"

의아하긴 했지만 데스테란은 넘어갔다.

계속 의문을 품기엔 바로스의 표정이 너무도 당당했다. 하늘을 우러러 한 점 부끄럼 없는 표정이었다.

하지만 다음 질문이 이어지자 바로스의 당당함도 깨졌다.

"그럼 마지막에 선보인 그 기술은 대체 뭐란 말인가?"

데스테란류 사슬검의 극의, 체인 오브 아포칼립스.

이는 순수하게 데스테란이 창안한 기술이었다. 심지어 남에게 알려 준 적도 없었다.

아직 미완성이었으니까.

미완성인 기술을 뭐 잘났다고 남에게 전수하겠나?

"그런데 어찌 자네가, 나도 아직 완성하지 못한 기술을 그토록 완벽하게 구사할 수 있었던 거지?"

이 시점이, 카르나크가 바로스를 돌아본 때였다.

'우와! 큰일 났다! 뭐라고 하지, 이거?'

사슬검 정도는 충분히 둘러댈 수 있다.

하지만 체인 오브 아포칼립스는?

'그거 쓰면 안 되는 거였는데.'

하지만 그 순간의 욕망을 이기지 못했다.

—으아! 지금 이 기술 쓰면 완전 재밌겠다!

그 결과가 이 꼴이었다.

애초에 변명거리도 생각해 놓은 게 없는데 뭐라고 해야 하나?

[어쩌죠, 도련님?]

[내가 어떻게 알아? 내가 칼잡이냐?]

안절부절못하는 바로스의 눈에 붉은 머리의 미녀가 비쳤다.

세라티가 반은 안쓰러운, 반은 한심하다는 눈으로 그를 바라보고 있었다.

순간 묘책이 떠올랐다.

"그건 내가 창안한 기술입니다."

"뭣이?"

뭔 말도 안 되는 소릴 하냐고 데스테란이 발끈하려던 차였다.

바로스가 선수를 쳤다.

"나 역시 당신의 기술을 보고 놀랐습니다. 나와 똑같은 방식이더군요. 그래서 완성된 기술을 보여 준 겁니다."

어이가 없어 데스테란이 뇌까렸다.

"세상에 그런 말도 안 되는 우연이 있을 수 있다고 보는가?"

"그렇지요! 있을 수 없습니다!"

갑자기 바로스가 호들갑을 떨어 댔다.

"그럼에도 이런 기적이 일어났으니, 이것이야말로 황혼의 여신께서 우리를 굽어살피고 계시다는 뜻이 아니겠습니까?"

"……어?"

그렇다.

애당초 말도 안 되는 일이면, 그냥 말도 안 되는 이유를 갖다 붙이면 된다!

그리고 데스테란은 넘어가 버렸다.

"그렇군! 여신의 뜻이셨는가?"

합리도 이성도 필요 없다. 그냥 믿으면 장땡이다.

아니, 오히려 말이 안 되니까 더더욱 믿음이 깊어진다.

"과연, 여신께서 보살피시지 않고서야 어찌 이런 기적이 일어날 수 있을까?"

납득한 데스테란이 기도를 올리기 시작했다.

"세라칼 님을 찬양할지어다."

재빨리 바로스도 손바닥을 모으며 동참했다.

"그분께선 지금도 당신의 성도들을 보살피고 계심이니."

지켜보던 세라티만 기가 찰 뿐이었다.

저게 자신이 그토록 꿈꾸는 은검기의 경지에 올라선 오러 유저 두 놈이 보이는 작태란 말이지?

'경지가 아깝다! 우, 씨.'

그러는 동안에도 배는 열심히 바다를 헤쳐 나가고 있었다.

얼마나 지났을까?

마침내 저 멀리 육지가 보였다.

용의 섬이 위치한 태피얼 군도였다.

이미 노을이 질 무렵이었다. 점차 섬의 정경이 눈에 들어왔다.

아름다운 열대의 풍경이었다.

붉은빛으로 물든 하늘 아래 에메랄드빛 바다와 화려한 산호초가 비친다. 해안가에 돋아난 야자수들 너머로는 무성한 정글이 우거져 있다.

섬 중심에는 제법 커다란 산이 솟아 있었는데, 겉보기와 달리 기이한 기운이 은은히 피어오르고 있었다.

"이곳이 용의 섬……."

기대하는 눈빛으로 라피셀은 배가 정박하기만을 기다렸다.

그런데, 어째 배가 옆으로 비껴 지나간다.

상륙하지 않고 좌측 해안선을 따라 다른 곳으로 가는 것이다.

"어머, 안 내려요?"

해적들이 고개를 저었다.

"저기는 너무 위험해서 저희도 못 갑니다요."

해적들의 근거지는 맞은편에 위치한 또 다른 섬이었다.

용의 섬은 드래곤 본 때문에 워낙 기이한 일이 많이 생기는 곳이라 아무리 해적들이라도 함부로 얼씬거리지 않는다.

"덕분에 제국 놈들도 위험해서 가까이 안 오니 우리가 숨어 살긴 좋지만 말이죠."

그래서, 일단 근거지에 입항한 뒤 작은 보트로 갈아타고 다시 이동한다는 듯했다.

용의 섬을 지나 좀 더 항해하니 과연 해적들의 섬이 나왔다.

역시나 아름다운 열대의 섬이었다. 경치도 뭐, 용의 섬과

하등 차이가 없었다.

같은 해역에 위치한 옆 섬인데 경치가 다를 리 없지.

백사장으로 둘러싸인 해안가에 해적 근거지가 보였다. 마을이라 치면 참으로 조촐하고, 캠프라 치면 상당한 규모를 지닌 곳이었다.

천막과 오두막이 여기저기 흩어져 있었는데, 척 보기에도 썩 잘 만든 걸로 보이진 않는다.

모험담 속 해적 소굴을 떠올렸던 세라티가 실망한 듯 중얼거렸다.

"뭔가 너저분하네요?"

카르나크가 실소하며 대꾸했다.

"해적들이 건축 전문가는 아니잖아."

"그래도, 해적 소굴이면 금은보화 같은 게 있어야 하는 것 아닌가요?"

"금은보화가 무슨 미역도 아닌데 해안가에 널어 두고 말릴 리 없잖냐? 어딘가에 잘 숨겨 놨겠지."

물수리의 포효호가 해안가에 닻을 내렸다. 선원들이 얕은 바다로 뛰어들어 밧줄을 잡아당기며 배를 정박시키기 시작했다.

선장을 돌아보며 카르나크가 말했다.

"우린 이대로 용의 섬으로 향하겠소."

그러자 선장이 살살 눈치를 보며 물었다.

"그럼 저희는 이만 돌아가도 될까요?"

말도 안 되는 소리였다.

배가 돌아가 버리면 카르나크 일행은 뭐 타고 귀환하라고?

"댁들은 여기서 기다려 주셔야지."

"……해적들이랑 말입니까?"

사실 선장 입장에선 억울한 일이었다.

해적들 소탕해 준다며? 그래서 믿고 따라온 건데!

"엄밀히 말하면, 해적들이 댁들을 해치지 못하게 해 준다는 거였지."

카르나크가 해적들을 가리키며 당당하게 말했다.

"해 줬잖소?"

확실히, 현재 해적들은 물수리의 포효호 선원들을 해칠 생각이 눈곱만큼도 없었다.

그렇다고 속 편히 저들 사이에 머무르기도 힘들겠지만, 그거야 카르나크가 알 바 아니지.

"기다리시오. 우린 용의 섬에 다녀올 테니."

통보를 날린 뒤 카르나크 일행은 곧바로 배를 떠났다.

남은 해적들이 선장과 선원들을 돌아보며 히죽 웃었다.

"이것도 인연인데 잘 지내봅시다!"

"댁들도 세라칼 님의 말씀을 들어 보시겠소?"

과연 선장은 일류 뱃사람인 듯했다.

울고 싶은 상황에서도 웃었으니까.

"아하하, 그, 그럽시다. 예."

의외로 데스테란은 보트를 다루는 솜씨도 제법 지니고 있었다. 카르나크 일행은 그가 모는 작은 보트를 타고 반대편 섬으로 향했다.

보트를 해안가에 댄 뒤 섬에 발을 디디니, 우거진 정글 너머로 기이한 짐승의 울음이 일행을 반겼다.

우우우우!

크르르르!

꽤나 살벌한 분위기였지만 데스테란은 전혀 신경 쓰지 않았다.

"갑시다."

해안을 지나 열대우림 사이로 이동한다.

그렇게 얼마나 갔을까?

온갖 괴물들이 일행을 덮치기 시작했다.

카아악!

크아아!

뭐라 형용하기 힘든 형태의 괴물들이었다.

게와 원숭이를 섞어 놓은 듯한 마물, 전신에 깃털이 달린 두 발로 뛰는 생선 등이 수풀 사이로 뛰쳐나온 것이다.

카르나크 일행도 곧바로 맞섰다.

세라티의 푸른 투기검이 마물을 일격에 베어 냈다.

"얘들 진짜 근거 없게 생겼다."

라피셀의 자색 투기검도 마물을 일제히 썰어 갔다.

"정말 생김새가 중구난방이네요."

두 사람만으로도 충분했다. 다른 이들은 낄 필요조차 없었다.

나타난 마물들이 순식간에 썰리더니, 그대로 사라지며 평범한 게와 생선 등으로 변한다.

발로 툭 치며 카르나크가 말했다.

"용마력으로 생성된 놈들이라서 그래. 마물들 중에서도 일종의 돌연변이지."

일행은 계속 섬 중앙으로 향했다.

이후로도 종종 마물들이 나타났지만 별일은 없었다.

이들의 전력이 워낙 막강하다 보니 위험은 고사하고 발길조차 묶지 못한다.

문득 세라티가 물었다.

"그래도 이거, 꽤 위험한 거 아닌가요?"

마물들 자체는 결코 약하지 않은 것이다.

자신들에게나 별것 아니지, 어지간한 모험가들은 감당키 어려운 수준이다.

"그런데 디오그레스 공을 홀로 놔둬도 되는 거예요? 지금 은 고작 4서클이잖아요."

데스테란이 공손하게 대답했다.

"저도 처음엔 그래서 걱정을 좀 했습니다."

아까까진 제국 남부어를 구사했지만, 지금은 그 역시 이솔 라어를 쓰고 있었다.

성녀께서 이솔라어밖에 모르신다는데 어디 감히 다른 언 어를 쓸 수 있겠는가?

그의 발음을 들은 세라티가 감탄을 흘렸다.

"이솔라어도 굉장히 잘하시네요."

"저야, 직업상 제국의 언어들은 대충 익혀 놓아야 하니까 요."

서치 블랙이 제국 최대의 범죄 조직이란 소리는, 제국 각 지에서 온 범죄자들을 모아 놓았다는 의미도 된다.

어느 정도 말이 통해야 수장으로서 부려 먹을 것 아닌가?

그리고 사실 이 제국 각지의 언어들은 결국 같은 어원에서 출발한 조금씩 다른 언어다. 나름 자주 접하다 보면 익히기 가 그렇게까지 어렵지는 않다.

옆에서 카르나크도 전언으로 첨언했다.

[사투리라기엔 많이 다르지만, 그렇다고 완전히 다른 언어 라기엔 또 겹치는 게 꽤 많거든. 세라티 네가 워낙 유스틸 왕 국에만 처박혀 있어서 그렇지, 큰물에서 놀았으면 자연스레

터득했을걸.]

[네, 우물 안 개구리라서 미안하네요.]

그녀가 구시렁대는 동안 데스테란이 말을 이었다.

"저도 원래는 해적들 중 일부를 그의 호위로 삼을 생각이
었습니다만, 디오그레스 공이 반대했습니다."

해적들을 못 믿는다는 이유였다.

하긴, 누구라도 그랬을 것이다.

"다행히 이 섬의 마물들은 영 부실해서, 지금 수준으로도
그럭저럭 자기 한 몸 정도는 지킬 수 있다더군요. 대마법사
가 그리 말하니 그런가 보다 했죠."

"그런가요? 아무리 그래도 4서클 수준으로 감당하긴 힘들
것 같은데……."

그렇게 계속 숲을 헤치며 나아가던 중이었다.

빽빽한 정글 너머를 바라보던 카르나크가 갑자기 감탄사
를 터트렸다.

"우와, 이래서 디오그레스가 그리 자신만만했었구만?"

그래서 다른 일행은 의아해했다.

"갑자기 왜 그러세요, 도련님?"

아무리 둘러봐도 그냥 평범한 나무들뿐이었다.

그런데 대체 뭘 보고 감탄을 터트리는 걸까?

"아, 이건 마법사 아니면 모르겠구나."

카르나크가 감지한 건 이 일대에 깔려 있는 수많은 결계

연환진이었다.

하나하나는 정말 자잘한 결계들이었다. 기껏해야 2~3서클 수준?

그런데 그게 서로 얽혀 4~5서클의 위력을 내고, 그걸 또 엮어서 6~7서클급 파괴력으로 바꾸고 있다.

"장난 아니네. 이게 대체 몇 중으로 얽힌 거야?"

심지어 결계끼리 공진 효과까지 노려서, 하나가 파괴되면 다른 결계에 마력이 이전되는 시스템까지 갖췄다.

"4서클 이하 마법만으로 이게 된다고?"

어찌나 정교하고 복잡한지 카르나크조차도 혀를 내두를 수준이었다.

"난 감히 흉내도 못 내겠네."

의외인 듯 바로스가 물었다.

"어? 도련님도 못해요?"

[에이, 마법으로 못한단 소리지. 사령술 쓰면 나도 하지.]

실제로 카르나크의 마령술이 이와 비슷한 개념이다.

낮은 서클의 혼돈마법과 사령력을 서로 연동시켜, 시간과 공간을 따로 투자하며 위력을 증폭하는 것.

[그래도 배울 게 꽤 있는데? 디오그레스 만나면 어떤 식인지 좀 물어봐야겠다.]

좀 더 걸음을 옮기니 밀림 한가운데 커다란 공터가 나왔다.

아무것도 없는, 진짜 말 그대로 '공터'였다.

"이보시오, 디오그레스 공!"

공터를 향해 데스테란이 고함을 질렀다.

"나 왔으니 문 여시오!"

주위 풍경이 일그러지며 공간 전체가 흔들리기 시작했다.

화폭이 찢어지고 새로운 그림이 드러나듯, 텅 빈 맨바닥의 풍경이 녹아내리고 대신 커다란 천막이 모습을 드러낸다.

천막에서 한 사내가 천천히 걸어 나왔다.

"왔는가, 데스테란 경?"

꽤나 지쳐 보이는 인상의 50대 장년인, 여명탑의 대마법사 디오그레스 콜론이었다.

⸺✳︎⸺

디오그레스는 카르나크 일행을 보고도 전혀 놀라지 않았다. 결계 안에서 이미 파악한 후인 것이다.

게다가 딱히 경계하는 모습을 보이지도 않는다.

데스테란이 데리고 온 시점에서 충분히 믿을 만하다고 여기는 듯했다.

어차피 그가 아니었다면 진작 검은 신의 교단에 떨어졌을 몸이니까.

디오그레스가 일행에게 손짓을 했다.

"일단 들어오시게."

천막 안은 평범했다. 그냥 간단하게 만든 테이블과 침상, 의자 정도가 전부였다.

일행을 가리키며 디오그레스가 물었다.

"소개를 부탁해도 되겠나?"

눈을 빛내며 데스테란이 목청을 키웠다.

"황혼의 교우들이오!"

목청만 키우고 끝이 아니라, 아주 신앙심도 폭발시킨다.

"세라칼께서 당신의 종을 위해 기적을 베푸시어 은총을 보내 주셨으니, 모두가 그분을 찬양할진저!"

왠지는 모르겠지만 디오그레스가 급격하게 피곤해 보이는 얼굴로 변했다.

"……황혼교라고?"

데스테란이 세라티와 카르나크를 번갈아 가리켰다.

"영광스럽게도 성녀께서 친히 임하셨소. 그리고 교주도."

여전히 그는 성녀에 비해 교주는 한 끗발 낮게 취급하는 느낌이 있었다.

딱히 교주를 낮게 보는 건 아니고, 성녀님을 앞에 두고 함께 높일 순 없다는 듯했다. 일종의 압존법이랄까?

하지만 외부인들에겐 역시 성녀보다는 교주가 더 높게 느껴지는 법이다.

디오그레스가 처음으로 놀란 표정을 지었다.

"자네가 황혼교의 교주라고?"

카르나크가 어색해하며 답했다.

"예, 뭐, 그렇죠?"

원래는 바로스가 황혼교주 바로나크 역할을 맡을 예정이었다. 그래서 템피스도 일부러 바로스 얼굴로 열심히 돌아다녔고.

'어쩌다 보니 꼬였네, 이거.'

카르나크는 진심으로 어색해했고, 그 진심은 라피셀에게도 전해졌다.

'아이, 참! 카르나크 님도 연기 좀 잘하시지. 아무리 작전이라지만 저러다 들키시겠어.'

그래도 디오그레스는 별로 이상함을 못 느낀 듯했다.

그가 물었다.

"그래, 어쩐 일로 날 찾으셨는가?"

"당신이 검은 신의 교단에 넘어가기 전에 신변을 보호하고, 가능하다면 원래 힘을 되찾도록 협조하기 위해서였습니다만……."

주위를 힐끔거리며 카르나크가 말을 이었다.

"이미 방법은 찾으신 것 같군요."

"그렇소."

디오그레스가 고개를 끄덕였다.

"용의 뼈에서 흘러나오는 용마력이 봉인을 풀 열쇠였지."

그리고 인상을 쓰며 말을 이었다.

"사교도 놈들이 사용하는 능력의 바탕이 바로 용의 권능이니까."

디오그레스는 엘레자르에 의해 마법이 봉인되었다.

이는 곧 그녀의 봉인이 디오그레스 속에 깊숙이 파고들었다는 의미도 된다. 그 누구보다도 그녀의 술법, 그 본질에 가깝게 접할 수 있었다는 소리다.

"덕분에 여태 알아차리지 못한 걸 깨닫게 되었지."

디오그레스가 혀를 내두르며 말했다.

"대체 놈들이 어떻게 공존할 수 없는 걸 공존시키는 건지 말일세."

마나와 오러, 신성력과 사령력은 결코 공존할 수 없다. 적어도 현세의 법칙으로는 그렇다.

"하지만 세상엔 저 기운들보다 훨씬 혼돈에 가까운 권능도 존재하지."

검은 신의 교도들이 사용하는 술법의 가장 깊은 본질 속에는 용의 권능이 녹아들어 있었다.

대마법사의 심원한 지식과 지혜를 통해 파악한 사실이었다.

"정확히 용마력이라기보다는, 그와 비슷한 또 다른 무엇인가 같기는 하네. 딱 맞아떨어진다고 볼 수만은 없어."

어쨌거나 비슷한 계열의 권능인 것만은 확실하다는 것이

디오그레스의 설명이었다.

바로스가 몰래 카르나크에게 물었다.

[도련님도 몰랐어요?]

[저런 조건이라면 아무리 나라도 알 수가 없지. 마찬가지로 힘을 봉인당하거나 하지 않는 이상은.]

쓴웃음을 지으며 카르나크가 중얼거렸다.

[그러니까, 테스라낙의 술법에 용의 권능이 섞여 있단 말이지?]

바로스도 고개를 끄덕였다.

[이거 어째 짐작이 가는 부분이 있긴 한데요…….]

이 둘은 용 중의 용, 끔찍할 정도로 강력하고 무서웠던 최강의 드래곤에 대해 알고 있지 않은가?

[역시 테스라낙의 정체는 그라테리아인가?]

[그럴 이유가 없다고 하지 않았어요, 도련님?]

[여전히 없다고 생각은 하는데, 정황이 이렇잖아.]

대체 용황제 그라테리아가 테스라낙이 되어야 할 이유가 뭐가 있을까?

문득 바로스를 바라보며 카르나크가 눈을 껌뻑였다.

[어쩌면 이런 걸지도?]

[뭔가요?]

[혹시 저쪽의 네가 용황제도 먹어 버린 거 아냐?]

뎀피스의 말에 따르면, 저쪽 세상의 카르나크를 흡수한 저쪽 세상의 바로스가 바로 테스라낙의 정체다.

거기에 저쪽 세상의 용황제마저 흡수했다면?

[무슨 수로 그게 가능한지는 모르겠지만, 어쨌건 그런 식이라면 말은 되지.]

황당해하며 바로스가 욕설을 흘렸다.

[거 별걸 다 처먹었네, 저쪽의 나 새끼.]

한편 밀리아는 지극히 당황하고 있었다.

이 비밀 전언은 카르나크와 바로스만 몰래 대화하는 방식이 아니다. 권속들은 전부 연결되어 있다.

'바로스 경이 카르나크 님을 먹었다니, 이게 대체 뭔 소리래?'

그리고 라피셀은 요새 이 언니가 대체 왜 이러나 싶은 눈으로 바라보는 중.

'기분 탓인가? 카르나크 님이랑 오래 지내면 다들 좀 이상해지는 것 같아.'

그러는 동안에도 디오그레스는 열심히 설명을 이어 가고 있었다.

"……이런 식의 이론을 세우고, 해결책을 찾았다네. 그리고 드래곤 본이 있을 만한 장소를 찾았지."

제일 먼저 떠오른 곳은 드래곤 랜드였지만, 지금의 그가 거기까지 가는 건 너무 위험했다.

아무리 데스테란의 힘을 빌린다 해도 용들의 서식지는 결코 만만한 곳이 아니다.

"그때 떠올린 게 용의 섬이었지. 용마력에 관심 있는 마법사가 예전에 여명탑에 있었어서 들은 기억이 있거든."

그 마법사는 결국 용의 섬에서 아무것도 건지지 못했다.

하지만 어쨌건 그곳에 드래곤 본이 있다는 것만은 확실한 것이다.

그래서 이곳까지 왔고, 내내 해결책을 연구 중이라고 했다.

"그럼, 해결책을 찾으신 겁니까?"

레번의 질문에 디오그레스가 빙그레 웃었다.

"어디까지나 이론상이긴 하지만."

드래곤 본에 남은 희미한 용마력을 일종의 촉매로 삼아 봉인을 풀 수 있게 되었다.

"다만 시간은 좀 걸린다네. 대충 대엿새 정도? 이제 사흘 정도 남았겠군."

"대단하시네요."

새삼 감탄하며 세라티는 눈앞의 대마법사를 바라보았다.

4서클 마법밖에 못 쓴다면서 혼자 문제를 전부 해결해 버리지 않았는가?

'굳이 우리가 도와주러 올 필요도 없었던 거 아닌가? 어차피 알아서 힘 되찾았겠는데.'

물론 카르나크가 여기까지 온 이유는 디오그레스를 한편

으로 만들기 위함도 있다.

그리고 그 점에 있어서는 꽤 효과가 있는 모양이었다.

"황혼교엔 다시 한번 감사하지. 그대들이 도와주지 않았다면 여기까지 오지도 못했을 테니."

정작 일행은 아무것도 안 했는데 반쯤 같은 편이 된 눈치였다.

하긴, 황혼교를 만든 건 카르나크니까 아무것도 안 했다고 볼 수야 없겠다만.

하여튼 다들 기대에 찬 눈으로 디오그레스를 바라보았다.

이대로 대마법사가 부활하면 실로 큰 힘이 되어 줄 것이다.

그때 데스테란이 천천히 몸을 일으켰다.

"이야기는 끝났소?"

그러더니 디오그레스를 진지하게 응시하며 엄숙하게 말한다.

"그렇다면 오늘의 약속을 이행할 시간이오."

그러자 디오그레스의 표정이 또다시 급격하게 피곤해졌다.

"그, 그렇군……."

대체 왜 저러나 싶어 다들 의아해할 때였다.

데스테란이 품에서 작은 책자 하나를 꺼냈다.

딱히 특색은 없어 보이는 평범한 책자였다. 제목도 적혀 있지 않았다.

지극히 경건한 얼굴로 데스테란이 책자를 읽기 시작했다.

"빛은 어둠을 품고 어둠은 빛을 품으니, 가장 어두운 황혼이 밤을 부르고 가장 깊은 밤이 새벽을 부르노라…….."

그제야 카르나크 일행도 책의 정체를 깨달았다.

"아…….."

"저거…….."

그렇다.

황혼교 경전이었다.

"지금 뭐 하시는 거예요?"

당황한 세라티의 질문에 데스테란이 정중히 대꾸했다.

"세라칼 님의 말씀을 그에게 전하고 있습니다. 신실한 성도라면 응당 해야 할 일이지요."

이것이 그가 디오그레스를 도와주는 조건이었다.

황혼의 성도로서, 이 좋은 말씀을 세상에 널리 퍼뜨려야 하지 않겠는가?

심지어 디오그레스는 여명탑의 주인.

"황혼과 여명이라니, 실로 운명을 느낄 수밖에 없군요."

감동한 데스테란과 달리 디오그레스는 죽상 그 자체다.

"에휴…….."

혹시나 싶어 세라티가 물었다.

"혹시 이거, 매일?"

"약속이니까."

그렇게 데스테란은 디오그레스를 붙잡아 놓고 황혼교 경전을 신나게 읊어 대기 시작했다.

"세라칼 님의 천국은 사시사철 봄바람이 불고 땅 위로 복숭아 향기가 맴도는 곳. 그곳에선 뱀과 아이도 함께 뛰노니 그 어떤 다툼과 증오도 녹아내리리라……."

그 모습을 지켜보던 바로스와 카르나크의 표정이 묘하게 변했다.

[그러니까, 매일같이 저러고 지냈단 말이지?]

[왜 저 양반이 황혼교란 소릴 듣자마자 급격히 피곤해했는지 알 것 같구만요.]

[내가 전생 때도 저 인간에게 미안하단 생각을 한 적이 없는데, 지금은 좀 미안하네.]

───※───

사흘간, 카르나크 일행은 용의 섬에서 디오그레스와 함께 머무르기로 했다.

비록 경계까진 아니었지만 디오그레스는 어느 정도 일행과 거리를 두었다.

카르나크도 별로 이상하게 여기진 않았다.

아무리 도움을 받았다지만 황혼교는 엄연히 사교다. 제국의 대마법사가 사교도를 좋게 볼 리는 절대 없겠지.

하지만 얼마 후 그의 태도는 반대로 바뀌었다.

세라티가 보다 못해 데스테란에게 한마디 한 덕분이었다.

"저기, 그 경전 공부 꼭 매일 해야 돼요?"

그녀로선, 봉인 해제에 열중해야 할 디오그레스의 정신이 자꾸 분산되는 것이 걱정스러워서 한 말이었다.

솔직히 황혼교 따위 실제론 관심도 없고.

하지만 데스테란에게 이는 여신의 화신, 성녀께서 하신 말씀이었다.

"죄송합니다. 제가 과했군요. 신앙은 결코 강제할 수 없으며, 올바른 진리는 결국 받아들여지게 마련이거늘……."

"어, 뭐, 그렇죠?"

그렇게 매일의 경전 공부가 사라졌다. 그리고 디오그레스의 태도도 지극히 호의적으로 바뀌었다.

"황혼교도라고 다 미친……이 아니라 열정적인 믿음을 지니고 있는 건 아니었구먼!"

대체 얼마나 시달린 건지, 저거 못 하게 한 것만으로 세라티를 바라보는 시선이 엄청나게 따스해졌다.

심지어 선물까지 따로 챙겨 줄 정도였다.

"음? 랄폰어 공부 중이신가?"

"아, 그냥 시간이 남아서 틈틈이 하는 거예요. 말이 통하지 않으니 힘들더라고요."

"번역 목걸이 하나 드릴까?"

"……있어요?"

"팔고 남은 거긴 하네만."

말은 팔고 남은 거라지만, 실제로 건네준 건 전혀 달랐다.

제국의 모든 언어는 물론이고 7왕국 연합의 언어며 몇몇 오지 부족의 언어까지 모두 입력된, 여명탑에서도 어지간한 황족에게나 건네는 최고급 번역 목걸이가 세라티의 목에 걸렸다.

'우와! 드디어 말 못 알아듣는 설움을 벗는구나!'

그녀뿐 아니라 카르나크도 제법 건지는 것이 있었다.

디오그레스가 은신처 주변에 깔아 놓은 온갖 방어 결계들.

이는 카르나크의 마령술과도 비슷한 원리를 지니고 있었다.

그 심오한 부분을 뜯어보고 연구하는 것이다.

간혹 이해가 안 가는 부분은 그냥 대놓고 디오그레스에게 물었다.

"이거 어떻게 한 겁니까?"

"이거 여명탑의 비전이라 함부로 알려 주긴 좀 그런데……."

그래도 디오그레스는 순순히 가르쳐 주었다.

어차피 황혼교의 신세를 져야 할 입장이니 어느 정도 친분은 만들어 둘 필요가 있다 판단한 것이다.

가르치다 보니 카르나크가 제법 잘 알아들어 재미를 느낀 점도 있긴 했다.

"고작 8서클치곤 꽤 이해도가 높구먼, 자네?"

8서클을 고작이라 칭하는 걸 보면 과연 이 인간이 대마법사구나 싶다.

'힘을 잃지 않았다면 고작 용의 뼈가 아니라 살아 있는 고룡을 붙잡아 연구하는 것도 가능했겠지?'

오러 유저들은 그냥 대련이나 해 가며 시간을 때웠다.

소중한 경전 공부 시간을 박탈당한 데스테란이 대신 일행을 상대해 준 것이다.

"바로스 경만은 못해도 나 역시 실버 나이트, 대련 중에 얻는 게 없지는 않을 걸세."

덕분에 레번과 라피셀은 실로 많은 걸 얻었다.

이들의 재능이라면, 은검기의 강자와 붙는다는 것은 실로 수십 번의 전투를 능가하는 소중한 경험이 된다.

특히 세라티는 정말 엄청나게 건졌다.

"성녀시여, 제가 터득한 모든 것을 보아 주소서!"

그녀를 황혼의 성녀로 추앙하는 데스테란이었다. 진짜 밑천 다 털어 주며 열과 성을 다했다. 부모가 살아 돌아와도 이렇게까지 퍼 주진 않을 것 같았다.

반면 바로스와 밀리아는 딱히 건질 게 없었다.

바로스는 데스테란과 동급이고, 밀리아는 신관이라 대련

같은 거 안 하니까.

"우린 뭐 해요, 바로스 경?"

"우리도 중요한 임무가 있죠."

"뭔데요?"

"빨래가 밀렸어요."

"……쳇."

그렇게 사흘이 순식간에 지나갔다. 그리고 마침내 정해진 시간이 왔다.

"준비가 끝났군."

디오그레스가 일행을 섬 중앙으로 안내했다. 용의 뼈가 있는 곳이었다.

그곳에서 카르나크 일행도 이 섬의 드래곤 본을 처음 보게 되었다.

"어, 이게 용의 뼈였어?"

"그냥 돌덩이인 줄 알았는데요."

"아니, 전혀 용처럼 안 생겼는데?"

너무 부서진 파편이라서 용의 형태가 전혀 남아 있지 않던 것이다.

디오그레스가 쓴웃음을 지었다.

"예전엔 꽤나 멀쩡한 모습이었다고 들었네. 그런데 모험가들이 들락거리면서 저마다 자르고 부수고 해서 이 꼴이 되었다더군."

생긴 게 어찌 되었건 용의 뼈는 용의 뼈인 법.

"그럼 의식을 시작하겠네."

마력을 끌어 올리며 디오그레스가 두 손을 앞으로 뻗었다.

"혼돈에 속한 자, 섭리의 바깥에서 맴돌며 어루만질지니……."

드래곤 본 주위에 설치된 72중의 마법 결계가 일제히 발동되었다.

서로 얽혀 가며 마치 복잡한 기계장치 속 톱니바퀴처럼 철저하게 맞물려 간다.

"그릇된 것으로 바르지 못한 것을 부술지어다……."

주문을 마친 그가 시동어를 읊조렸다.

"일어나라! 용의 죽음이 남긴 혼돈의 그림자여!"

쿠우우우웅!

거대한 진동이 용의 섬 전체로 퍼져 나가기 시작했다.

칠흑 같은 어둠 속.

한 척의 유령선이 소리 없이 바다를 미끄러지고 있었다.

너덜거리는 돛대 아래 썩어 가는 갑판 위로 검은 로브를 걸친 이들이 바다 저편을 바라본다.

"오!"

"이 기운은!"

눈으로 보이진 않지만 모두들 감지할 수 있었다.

저 바다 너머에서, 무엇인가가 터질 듯이 요동치고 있다는 것을.

"그자가 틀림없소!"

기뻐하며 이들, 검은 신의 사교도 중 1명이 선실로 향했다.

선실 안에는 푸석한 갈색 머리에 얄팍한 인상을 지닌 40대 여인이 말없이 앉아 있었다.

품에 안고 있는 장검 한 자루를 제외한다면 그저 평범해 보이는 아낙이었다.

하나 그녀는 결코 평범할 수 없었다.

위대한 죽음의 신 테스라낙의 뜻을 이 땅에 펼치는 교단의 성검이 어찌 범속한 아낙일 수 있을까?

예를 다하며 사교도가 보고를 올렸다.

"디오그레스 콜론의 위치를 찾았습니다, 벨티아 님."

교단의 성검

복잡한 빛의 문자가 원형의 마법진 위로 반짝인다.

여섯 빛의 마법진이 6개씩 서로 얽혀 36개의 톱니바퀴가 되고, 그것이 또 서로 얽혀 3차원적인 형태로 바뀐다.

거대한 구의 형태가 된 수십 개의 마법진을 바라보며 카르나크는 연신 감탄했다.

'와, 저런 식의 술식 전개 방식도 있었구나.'

사령왕이었던 시절에도 대마법사들의 권능에는 충분히 탄복했다.

하지만 마법사로 살아가기로 결심한 지금은, 정말이지 대마법사가 얼마나 어마어마한 존재인지 실감이 든다.

'내 마령술은 이거에 비하면 조잡한 수준인데?'

증폭된 마력이 사방에 흩어진 드래곤 본으로부터 용마력을 끌어내며 중앙으로 모이기 시작했다.

디오그레스가 서 있는 결계진의 중심이었다.

"좋아, 성공이군."

흡족해하며 그가 용마력을 응집했다.

72개의 마력 바늘이 그의 전신으로 하나둘 스며들었다.

가느다란 용마력의 쐐기들이 그의 마법을 봉인하고 있는 술식 사이로 파고든다. 그때마다 술식이 조금씩 망가져 간다.

'서두르면 곤란하지.'

한꺼번에 쐐기들을 꽂아 버리면 그의 육체가 버티지 못한다.

'그렇다고 느긋해도 곤란하고.'

너무 천천히 진행하면 봉인 술식의 자체 회복 능력이 용마력 쐐기들을 도로 뽑아 버린다.

"자, 파고들어 풀어 헤쳐라."

빠르지도 느리지도 않게, 위험과 안전 사이를 줄타기하며 디오그레스는 봉인 해제 의식을 진행해 갔다.

'이제 3개 남았나?'

이것만 마저 풀면 대마법사, 여명탑주 디오그레스 콜론의 부활.

그때였다.

순간 하늘에서 휘파람 소리 같은 것이 들려왔다.

휘이이이이익…….

이때 데스테란과 카르나크 일행은 디오그레스의 호위 역으로 결계 밖에서 대기 중이었다.

다들 무심코 허공을 올려다보았다. 그리고 놀랐다.

'엇?'

'저게 뭐지?'

눈부신 무엇인가가 어두운 밤하늘을 질주하고 있었다.

마치 떨어지는 유성처럼 빛이 나는…….

"……검?"

한 자루 검이 빛을 발하며 결계를 향해 날아든다.

어찌나 빠른지, 인식하는 순간 어느새 코앞까지 닥쳐 대지에 틀어박힌다!

콰아아아앙!

무자비한 폭발이 일어나 대지를 뒤흔들었다.

결계 일부가 박살 나며 디오그레스가 피를 토했다.

"크억!"

마력 역류였다.

망가진 결계 흐름이 시전자인 그에게로 되돌아간 것이다.

"디오그레스 공!"

놀란 세라티가 달려가려 할 때였다.

"가까이 오지 마! 마법이 깨진다!"

재빨리 만류하며 디오그레스는 허겁지겁 결계 흐름을 복구했다. 그리고 애써 피를 삼키며 치를 떨었다.

"무슨 일이 일어난 거지?"

또다시 휘파람 소리가 들린다.

휘이이이익…….

또 한 자루의 광검이 허공을 격해 날아들고 있었다.

데스테란이 재빨리 몸을 날렸다.

"허업!"

날아드는 빛의 검을 향해 오러 사슬을 풀어 헤친다.

차르르르륵!

사슬이 복잡하게 교차해 커다란 오러 그물을 형성했다.

그물 위로 빛의 검이 충돌해 대폭발을 일으켰다.

콰콰콰쾅!

대기가 진동하며 굉음이 울려 퍼졌다.

흩날리는 흙먼지 속에서 도로 착지하며 데스테란이 외쳤다.

"투기검이다! 원거리에서 투기검을 날리고 있어!"

카르나크 일행은 당황했다.

'원거리라고?'

'대체 어디서?'

이들은 멍하니 구경이나 하러 여기 모인 게 아니다. 엄연히 디오그레스의 호위를 위해 대기하고 있었다.

아까부터 사주경계를 철저히 하고 있었다는 소리다.

'이 일대는 전부 감시하고 있었는데?'

'어디서 투기검을 날리고 있다는 거야?'

또 휘파람 소리가 울려 퍼진다.

휘이이이익…….

또 빛의 검이었다.

그것도 이번엔 무려 다섯 자루!

"이런!"

"다들 막아!"

전원 허공으로 몸을 날렸다.

다행히 이쪽 오러 유저도 5명, 다들 하나씩 맡아 말끔히 공세를 쳐 냈다.

다섯 번의 폭발음이 차례로 터졌다.

콰콰콰콰콰쾅!

착지하며 세라티가 고개를 돌려 섬 반대편을 바라보았다.

"맙소사, 어디서 날리고 있나 했더니……."

허공으로 몸을 띄운 덕에 광검의 출처에 대해서도 확인할 수 있었다.

확실히 이들은 섬 전체를 제대로 감시하고 있었다.

어디까지나 섬 전체는.

광검이 날아든 곳은 섬 바깥의 바다 쪽이었다.

레번이 믿을 수 없다는 듯 칠흑의 바다 저편을 노려보았다.

"저기서 투기검을 날렸다고?"

용의 섬이 그리 큰 섬은 아니지만, 그래도 나름 숲도 있고 산도 있는 곳이다. 여기서 바닷가까지의 거리도 상당하다.

심지어 광검이 날아온 곳은 해안가도 아니고 좀 더 떨어진 바다 위.

"족히 4킬로미터는 넘겠는데요? 어떻게 저기서 여기까지 투기검을 날려요?"

데스테란이 혀를 차며 대꾸했다.

"아주 불가능한 건 아니다."

바로스도 고개를 끄덕였다.

"무왕급이라면 충분히 가능하죠."

당장 왕년의 바로스, 데스 나이트 로드였던 그 역시 수 킬로미터를 격해 어둠의 검을 날린 적이 있다.

금검의 경지에 오른 자라면 어렵지 않게 할 수 있는 일이다.

다만, 그렇다 해도 여전히 납득이 가지 않는 부분이 있었다.

데스테란이 그 점을 짚었다.

"분명 무왕이라면 이 정도 거리에서도 투기검을 날릴 순 있겠지. 하지만 오차가 족히 수백 미터는 날 텐데?"

수 킬로미터를 사이에 두고 정확한 조준까지 하는 건 불가능한 것이다.

사정거리가 4킬로미터라니? 1센티미터만 빗나가도 도착 지점에선 얼마나 어긋날지 짐작도 가지 않는다.

"아무리 무왕이라도 그렇게까지 세밀한 오러 운용이 가능 할 리가 없지 않나?"

바로스가 고개를 저었다.

"사실 가능한 무왕이 1명 있긴 합니다."

여성은 어쩔 수 없이 육체적인 면에서 남성에 비해 불리한 부분이 많다.

그래서 경지에 오른 대부분의 여성 오러 유저들은 동급의 남성 오러 유저들에 비해 뛰어난 오러 운용 능력을 보유하게 마련이었다.

못하면 애초에 동등한 경지에 오르지도 못하니까.

그리고 바로스는 그런 어마어마한 오러 운용 능력을 가진 여성 오러 유저를 알고 있었다.

시프라스의 무왕, 라피셀 크로테움.

물론 그 라피셀은 지금 옆에서 다른 일행과 마찬가지로 입 떡 벌리며 눈앞의 신기에 경악하고 있지만…….

'이 시대에도 저게 가능한 작자가 1명 있지, 아마?'

데스테란도 바로스가 한 말의 의미를 금방 깨달았다.

"교단의 성검이라는 게 누군가 했더니…….'

물론 그는 라피셀에 대해 모른다.

하지만 어마어마한 오러 운용 능력을 가진 무왕에 대해선 알고 있다.

신체 능력은 무왕들 중 최약, 하지만 그럼에도 모두와 어깨를 나란히 할 정도로 말도 안 되는 오러 컨트롤 능력을 지닌 괴물.

"……벨티아였나?"

가볍게 호흡을 고른다.

"하아……."

정신을 집중한 채 양손을 앞으로 뻗는다.

갑판 위에 꽂힌 수십의 장검들, 그중 아홉 자루의 검이 뽑혀 허공으로 떠오른다.

여인, 벨티아는 그대로 두 손을 가슴께로 모았다.

"나아가."

순간 주위의 기운이 응축되어 아홉 자루 검에게로 전이되었다.

"찔러라."

나직한 음성과 함께 광검 아홉 자루가 허공을 갈랐다.

휘이이이익!

워낙 먼 거리라, 빛의 검들이 날아가는 모습은 검은 신의 교단 사령술사들에게도 똑똑히 보였다.

어둠을 가르는 찬란한 빛무리들을 보며 사령술사들이 불신의 눈빛을 보였다.

'저거 정말 제대로 날아가는 거 맞나?'

'아무리 무왕이라지만…….'

'이 거리에서 상대를 맞힐 수 있다고?'

한밤중이라 용의 섬은 짙은 어둠에 휩싸여 있었다.

그 암흑 사이로 빛줄기가 파고들고, 이내 폭발이 일어난 뒤 사라진다.

이제까지와 전혀 다를 바 없어 보이는 광경.

그런데 벨티아의 표정이 좋지 않았다.

"또 막혔군요."

"예?"

"데스테란 경만 있는 게 아닌 것 같은데요?"

용의 섬 저편을 노려보며 그녀가 말을 이었다.

"잘은 모르겠지만, 적어도 그와 동급인 오러 유저가 1명 더 있습니다. 그 외에도 제법 뛰어난 자들이 2~3명은 있는 듯하고요."

그리고 잠시 정신을 집중하더니 고개를 젓는다.

"너무 멀어서 이 정도가 알아낼 수 있는 한계네요."

검은 신의 교도들은 멍한 표정으로 용의 섬을 바라보았다.

한밤중이라 모든 것이 새까맣다. 보이는 것이라곤 간신히 드러난 섬 전체의 윤곽 정도?

"설마 이 거리에서도 보인단 말씀이십니까?"

벨티아가 살짝 인상을 썼다.

"설마요? 이렇게 어두운데."

"그럼 보지 않고도 느낄 수 있단 말입니까?"

"보질 못하는데 뭘 느낀다는 건가요?"

무심한 그녀의 대구에 사교도들은 혼란스러워했다.

"네?"

"그게 무슨?"

별것 아니란 듯 벨티아가 중얼거렸다.

"보이지 않아도, 느껴지지 않아도 그들은 저기 있지요. 저기 있다면, 알 수 있고요."

무슨 소린지 전혀 모르겠다.

저게 무왕의 칭호를 받은 자가 바라보는 세상인가?

교인들이 혼란스러워하건 말건 벨티아는 신경 쓰지 않았다.

"어차피 이건 시간 벌기일 뿐이었고……."

그녀의 정신은 오직 용의 섬 쪽에만 집중되어 있었으니까.

"그럭저럭 시간은 번 것 같군요."

그녀가 손짓을 했다.

"준비해 주세요."

"예?"

"가서, 테스라낙 님의 뜻을 펼쳐야지요."

그제야 이해한 사교도들이 허겁지겁 사령술을 펼쳤다.

"알겠습니다."

낡아 빠진 배 주위로 어둠이 떠올라 시꺼먼 가오리의 형상을 이루기 시작했다.

사령술로 불러낸 어둠의 비행체, 블랙 만타스였다.

지속 시간이 짧다는 게 흠이지만 속도는 상당히 빠르다. 이 술법이라면 몇 분 안에 용의 섬 안쪽까지 날아갈 수 있으리라.

'아무리 그래도 그냥 날아가면 저들도 가만히 있진 않겠지?'

날아가는 것은 격추당하기 마련.

안전한 이동을 위해선 좀 더 저쪽을 정신없게 흔들어 놓아야 한다.

벨티아가 다시 한번 양손을 모았다.

다행히 아직 갑판 위엔 장검이 많이 꽂혀 있었다.

'이 정도로 숫자가 많으면 일일이 정조준할 필요까진 없겠네.'

오러의 파문이 갑판 위로 퍼져 나가며 남은 수십 자루의 장검이 모조리 뽑혀 허공으로 떠올랐다.

"나아가."

기이한 진동음을 내며 모든 검이 일제히 칼끝을 허공으로 향한다.

웅웅웅웅…….

"찔러라."

수십 줄기 검의 유성이 밤하늘을 찬란히 갈랐다.

휘이이이이익!

<hr/>

착지하며 데스테란이 길게 심호흡을 했다.

"후우, 이거 곤란하군."

이번에는 무려 9개나 되는 광검이 날아들었다. 조준도 실로 정확해서, 전부 디오그레스의 결계를 제대로 노리고 있었다.

그래도 용케 막았다.

데스테란과 바로스가 2개씩 감당하고, 남은 광검은 세라티와 레번, 라피셀에 카르나크와 밀리아까지 동원되어 간신히 숫자를 맞춘 것이다.

하지만 이보다 숫자가 더 늘어나면 막을 자신이 없었다.

투기검 개개의 위력이 문제가 아니다.

막아야 할 범위가 너무 넓은 것이다.

수십 미터에 달하는 디오그레스의 결계 전체를 방어해야 하니까.

"아직 의식이 끝나지 않았소, 디오그레스 공?"

데스테란의 질문에 디오그레스가 신경질적으로 대꾸했다.

"부서진 결계를 복구해야 하네!"

"빨리 좀 하시오!"

역시나 신경질적으로 외치며 다시 하늘 쪽으로 시선을 돌릴 때였다.

데스테란의 입에서 욕설이 흘러나왔다.

"이런 젠장······."

무려 수십에 달하는 투기검이 비처럼 쏟아지고 있었다.

저건 못 막는다. 너무 많다.

바로스가 다급히 카르나크를 찾았다.

"도련님! 어떻게 좀 해 봐요!"

"무리다! 막아야 할 범위가 너무 넓어!"

아무리 그가 8서클의 마법사라도, 수십 미터에 달하는 영역에 전부 마나 배리어를 씌울 순 없는 것이다.

'아니, 이건 가능하려나?'

배리어는 포기하고 카르나크가 다른 수법을 준비했다.

"마령술, 꼬리 무는 여우불!"

이 세계엔 날아가는 것은 격추당하기 마련이라는 격언이 있다.

마법의 특성상, 비행 술법보다는 격추 술법이 월등히 발전했기에 나온 말이다.

물론 아무리 뛰어난 격추 술법이라도 음속으로 날아드는 수십 개의 광검을 모조리 격추시킨다는 건 말도 안 되는 소리지만…….

'이보다 더한 경우도 겪어 봤거든!'

수십 줄기의 여우불이 꼬리에 꼬리를 물고 줄줄이 날아오르더니, 사방으로 흩어지며 수십 자루의 광검에 모조리 꽂혔다.

콰콰콰콰콰쾅!

밤하늘 전체가 찬란한 빛의 폭발로 뒤덮였다.

그 광경을 지켜본 디오그레스가 경악해 입을 벌렸다.

'세상에, 그 짧은 순간 모든 투사체의 궤적과 속도를 계산하고 사전 입력으로 역행궤도를 짜서 격추시켰다고? 저건 나도 못하겠는데?'

덕분에 결계가 더 부서지는 것을 막았다. 하지만 일행의 표정은 밝지 않았다.

자욱한 폭연 사이로 어느새 검은 신의 사교도들이 모습을 드러내고 있었다.

투기검 폭격을 틈타 이곳까지 쳐들어오는 데 성공한 것이다.

전원 검은 가오리를 타고 결계 상공을 장악한 채 천천히 하강한다.

선두에 선 40대의 아낙을 본 데스테란이 차갑게 뇌까렸다.

"오랜만이군, 벨티아."

시프라스의 무왕, 벨티아 크로테움.

그녀를 본 순간 세라티는 내심 당황했다.

'저 사람이 진짜로 무왕?'

지극히 평범한 외모였다. 딱히 예쁘지도 못생기지도 않았다.

'물론 싸움을 얼굴로 하는 건 아니니 딱히 이상할 건 없지만 어째 분위기가…….'

복장 역시 전혀 싸우러 온 사람 같지 않다.

전투를 앞둔 이가 갑옷 따윈 걸치지도 않았다. 그저 싸구려 블라우스와 낡은 치마가 전부다.

품에 안은 철검 한 자루를 제외하면 그냥 농가의 아낙이라고 해도 의심하지 않을 차림이었다.

'게다가 기세도 전혀 안 느껴지고.'

아무리 봐도 오러를 각성 못 한 일반인으로밖에 안 보였다.

순간 다른 사람이 아닐까 하는 의심도 들었다.

레번을 처음 만났을 때 그녀가 느낀 기분이 딱 이런 식이었으니까.

하지만 레번의 감상은 다른 듯했다.

"정말 무섭네요⋯⋯."

"뭐가요?"

"저게 가능하다는 게요."

"네?"

세라티와 달리 레번은 벨티아의 본질을 파악하고 있었다.

'오러를 저렇게 완벽하게 컨트롤하다니.'

저건 그녀가 한 푼의 낭비조차 없이 지닌 모든 기운을 다루고 있다는 증거다. 그래서 그 어떠한 기운도 외부로 흘러 나가지 않는 것이다.

혹여 자신이 착각한 게 아닐까 하는 생각 따윈 들지도 않았다.

보이지도 느껴지지도 않지만 틀림없이 그 자리에 있으니까.

'그 자리에 있다면, 알 수 있지⋯⋯.'

아버지, 갤러드와 동급의 강자가 틀림없었다.

문득 데스테란이 혀를 찼다.

"어이가 없군, 벨티아⋯⋯."

내내 검은 신의 교단에 쫓겼지만 그녀가 교단의 성검이었다는 사실은 이번에 처음 알게 된 그였다.

도저히 믿을 수 없다는 듯 비난을 던진다.

"무왕 주제에 사교에 빠진 거냐?"

순간 카르나크 일행의 표정이 묘하게 바뀌었다.

'아니…….'

'그러는 댁도…….'

'사교도거든요?'

누가 누굴 비난하는 건지 모르겠다.

물론 데스테란 입장에선 황혼교만이 진리이고 나머지는 죄다 사교일 테니 전혀 이상하지 않겠지만.

벨티아가 입을 열었다.

"무왕 따위 속세의 허명일 뿐."

싸늘한 목소리가 어둠을 타고 흐른다.

무심하다 못해 무기질적으로까지 느껴지는 음성이었다.

"지금의 난 테스라낙께서 택하신 영광스러운 검이다."

저들의 대화를 들어 보니 어째 구면인 듯했다. 레번이 슬며시 물었다.

"혹시 아는 사이입니까?"

데스테란이 쓴웃음을 지었다.

"예전에 한번 붙어서 죽을 뻔한 적이 있지."

"어쩌다가요?"

그에 대한 대답은 벨티아가 대신했다.

"살인, 방화, 밀수, 인신매매."

법과 도덕이 하지 말라고 정해 놓은 것들이 줄줄 흘러나온다.

데스테란의 신분을 생각해 보면 딱히 이상할 것은 없었다.

레번과 세라티가 중얼거렸다.

"하긴, 서치 블랙의 수장이니……."

"부하들의 범죄도 결국 수장의 책임이죠."

……라고 생각했는데 꼭 그런 것만도 아니었다.

벨티아가 딱 잘라서 이야기했거든.

"전부 저 인간이 직접 한 짓이다."

누누이 이야기하지만, 차후 카르나크랑 죽이 잘 맞게 되는 놈이다. 천하의 인간쓰레기인 게 당연하지 않은가!

심지어 데스테란 본인도 부인하지 않았다.

"그래, 과거의 나는 분명 악인이었다. 하지만 세라칼 님을 만나고 다시 태어났지!"

카르나크 일행의 표정이 더더욱 묘해진다.

'딱히 다시 태어난 것 같진 않은데?'

'그냥 자기 합리화만 심해진 거 아닌가?'

하지만 다들 그냥 입 다물고 있기로 했다.

어쨌거나 지금은 같은 편이니까.

아군의 사기를 꺾어서 어쩌겠다는 건가?

벨티아도 딱히 신경 쓰지 않는 모양이었다.

데스테란에게서 시선을 떼더니 결계 쪽을 바라본다.

"아무래도 디오그레스 공은 아직 힘을 되찾지 못하신 듯하 군요."

상황을 살피던 디오그레스가 놀란 표정을 지었다.

"……마법사도 아니면서 이 결계의 용도를 알아본 건가?"

"그럴 리가요."

벨티아가 피식 웃었다.

"하지만 지금의 당신이 가장 바라는 걸 짐작하는 데 굳이 마법적 소양이 필요하지는 않지요."

하긴 그랬다.

마법이 봉인된 대마법사가 거대한 마법 결계를 깔아 놓고 뭔가를 준비 중이라면 용도는 뻔하지 않겠나?

"그, 그렇군."

애써 디오그레스는 표정을 관리했다.

"물론 아직 봉인을 전부 푼 건 아니지. 하지만 얼마 남지 않았다네."

그러더니 식은땀을 흘리며 억지로 웃는다.

"내 마력이 돌아오고 나면 돌이킬 수 없을 텐데, 그 전에 평화롭게 해결 보는 게 좋지 않겠나?"

순간 세라티와 레번이 속으로 한탄했다.

[어휴, 허세 정말 못 떤다…….]

[허풍도 쳐 본 사람이나 잘 치는 것일 테니까요.]

일단 말로는 협박을 하고 있는데, 눈빛이 지극히 흔들리고 음성엔 자신이 없으며 시선은 계속 딴 곳으로 향한다.

뭔가 깨달았다는 듯 바로스가 중얼거렸다.

[저게 진짜 착하게 산 사람들이 거짓말할 때의 모습이군

요.]

그런데 어째 벨티아의 반응은 또 달랐다.

"과연 대마법사. 벌써 그 봉인을 거의 다 푸셨나요?"

그녀는 순순히 디오그레스의 말을 믿고 있었다.

'엥?'

'믿어?'

'저걸?'

사실 디오그레스의 반응은 딱히 노골적이지 않았다.

명색이 대마법사이고 나이도 경험도 많은데 그 정도로 순진하려고?

정말이지 '미세하게' 자신 없는 모습을 비쳤을 뿐이다.

저 정도면 보통 사람들에겐 충분히 태연해 보이는 것이다.

지금 일행이 카르나크를 너무 오래 봐서 사기와 협잡에 익숙해진 게 문제지.

그리고, 벨티아가 믿는다 한들 상황이 달라지는 것도 아니었다.

"상관없지요. 당신이 힘을 되찾았건 아니건, 내가 해야 할 일은 달라지지 않으니까."

그녀에겐 위대한 죽음의 신이 내려 주신 중대한 사명이 있음이니.

여전히 팔짱을 낀 채 그녀가 중얼거렸다.

"가세요, 검은 신의 성도들이여."

그리고 카르나크 일행을 매서운 눈으로 노려보았다.

"저들은 제가 맡겠습니다."

사령술사들이 결계 외곽으로 하나둘 퍼지기 시작했다.

음울한 여인의 목소리가 어둠 속에서 잔잔히 울렸다.

"당신들은 저들의 희망을 꺾어 놓으세요."

검은 신의 사령술사들로부터 어둠의 기운이 피어오른다.

"메마르고 굶주린 비탄의 짐승들이여⋯⋯."

"죽음의 성도를 따라 지옥의 문을 열고⋯⋯."

"역천의 명에 따라 이 땅에 오르라!"

사방에서 땅이 갈라지고 검붉은 빛이 솟구친다.

빛 속에서 기이한 형태의 괴물들이 나타났다.

일단 인간처럼 두 발로 걷는 형태. 하지만 인간이라기엔 달라도 너무 달랐다.

마치 깔때기 같은 얼굴에는 눈, 코, 입조차 없다. 전신은 수포와 비늘 투성이, 등 쪽엔 날카로운 검은 뿔들이 고슴도치처럼 돋아 있다.

그런 악마들이 무려 수십.

카르나크가 혀를 내둘렀다.

"저걸 쓸 수 있어? 정말 암흑교단의 정예이긴 한 모양이군."

무저갱 타르타로스에서도 최강급에 속하는 마병, 위크-
테카였다.

저건 카르나크 기준에서도 상당히 강력한 악마 축에 속한
다.

수십 마리의 악마들이 양손에 시뻘건 칼과 도끼를 든 채
달려들기 시작했다.

"텔테테레레테테테테……!"

"카카칼카라라카카타……!"

인간은 알아들을 수 없는 지옥의 외침을 토하며 악마들이
허공에 무기를 내리쳤다.

검은 마력이 뻗어 나와 결계 곳곳을 강타해 갔다.

콰쾅! 콰콰콰쾅!

디오그레스가 인상을 구겼다.

"이, 이놈들이!"

이 악마들은 지금 디오그레스나 카르나크 일행을 노리고
있지 않았다.

노골적으로 결계만 부수려 할 뿐.

"그래, 그편이 합리적이겠지."

태연한 얼굴로 카르나크가 양손을 들었다.

"그래 봤자지만."

놈들이 펼친 흑마술은 분명 강력하다. 매우 섬세하고 정교

한 최고위 사령술임이 틀림없다.

그래서 반갑다.

"복잡하고 정교한 게, 비틀기 딱 좋은 수준이야."

그의 전신에서 혼돈마력이 폭풍처럼 일어 올랐다.

"리디머 오브 네크로맨시!"

다섯 줄기 빛의 사슬이 선두에 선 악마들의 목을 옥죈다.

얽매인 다섯 악마들이 잠시 버둥대더니 이내 발길을 돌려 오히려 다른 악마들을 공격한다.

"텔테레레레레레!"

"칼카라라라라라!"

기껏 소환한 위크─테카들이 자기들끼리 싸우기 시작했다.

그 광경을 본 검은 신의 사령술사들이 이를 갈았다.

"젠장, 저놈도 저 마법을 쓰는 건가?"

"빌어먹을 사법의 대속자……."

안 그래도 요즘 들어 대륙 곳곳에서 저 마법을 구사하는 마법사들이 늘고 있었다.

그만큼 검은 신의 교단에도 실질적인 타격이 오니, 어떻게든 대응할 방법을 찾기도 했다.

그리고 어떻게든 찾긴 찾았다.

꽤나 무식한 방식이었지만.

"메마르고 굶주린 비탄의 짐승들이여……."

"죽음의 성도를 따라 지옥의 문을 열고……."

"역천의 명에 따라 이 땅에 오르라!"

사령술사들이 다시 한번 위크-테카들을 소환해 댔다.

수십 마리의 악마들이 지배된 위크-테카들에게로 덤벼들었다.

"카타타타타타!"

몰매 앞에 장사 없는 건 악마도 마찬가지인지라, 역행 지배된 다섯 악마들이 이내 한 줌의 핏덩이로 변했다.

카르나크를 돌아보며 사령술사 1명이 의기양양하게 웃었다.

"후후후, 이게 그 마법의 약점이다."

사법의 대속자는 술사가 허용하는 선에서 모든 어둠을 지배할 수 있다. 그 지배를 깰 방법은 적어도 지금까진 확인되지 않았다.

하지만 분명히 약점은 있는 것이다.

술사가 허용하는 선이라는 약점이.

"네놈이 빼앗을 수 있는 숫자 이상으로 악마를 불러내면 그만이지!"

물량 공세.

이것이 검은 신의 교단이 내놓은 해답이었다.

"아, 뭐, 틀린 말은 아닌데……."

사방을 뒤덮은 악마들을 보며 카르나크가 혀를 찼다.

"이딴 걸 해결책이라고 하는 건 좀 부끄럽지 않냐? 실력으로 밀리니까 쪽수로 밀어붙이겠다는 소리잖아."

딱히 부끄럽지 않은 모양이었다. 다들 얼굴 한번 붉히지 않고 기세등등하게 악마들을 부린다.

"가라! 타르타로스의 악마들아!"

포효를 터트리며 위크-테카들이 다시금 결계 곳곳으로 돌진해 갔다.

레번이 황급히 투기검을 휘두르며 놈들을 막았다.

"더 이상은 못 간다!"

세라티와 라피셀도 곧바로 움직였다.

"라피셀! 저쪽으로!"

"네, 언니!"

세 오러 유저가 결계를 가로막고 악마들과 전투를 벌이기 시작했다.

검은 마력과 투기검이 충돌하며 연신 굉음을 떨친다. 대지가 파헤쳐지고 공기가 진동한다.

요란한 소음 속에서 카르나크가 다시 한번 양손을 들었다.

"눈에는 눈, 이에는 이."

히죽거리며 혼돈마력을 끌어 올린다.

"물량에는 물량이지."

또다시 사법의 대속자가 발동되었다.

눈부신 빛이 달려드는 백여 마리의 악마 병단을 덮쳤다.

그리고, 전원의 목에 빛의 사슬이 걸렸다.

"……어?"

검은 신의 사령술사들이 일순 굳었다.

순간 자신들의 눈을 믿을 수가 없었다.

그렇다.

전부였다.

백 마리가 넘는, 저 많은 악마들이 죄다 놈에게 역행 지배되어 버렸다!

"말도 안 돼!"

"이걸 전부?"

아무리 강력한 마법사라도 사법의 대속자로 지배하는 어둠의 숫자는 대여섯에 불과, 심지어 엘레자르조차도 이 정도로 많은 숫자를 역행 지배할 순 없었다.

이런 미친 짓이 가능한 마법사는 전 대륙을 통틀어서도 오직 1명뿐.

그제야 사령술사들은 저 젊은 마법사의 인상착의가 꽤나 익숙하다는 사실을 깨달았다.

"젠장!"

"황혼교가 아니었어!"

지겹도록 검은 신의 행사를 방해하고, 사법의 대속자를 세상에 퍼뜨렸으며, 심지어 3성인 중 1명인 제덱스마저 테스라낙의 품으로 귀의시킨 교단 최악의 숙적이었다.

"교적(教敵), 카르나크 제스트라드!"

"어떻게 네놈이 여기에?"

놀란 이는 사교도들뿐만이 아니었다.

데스테란도 놀란 얼굴로 바로스를 돌아보고 있었다.

"……우리 교주가 파사의 마법사 카르나크였나?"

'파사의 마법사? 도련님이?'

파사(破邪).

사이한 것을 부순다는 의미다.

인류 역사상 가장 사악했던 사령술사가 지금 저따위 칭호로 불리고 있는 것이다.

'세상이 미쳐 돌아가는구만.'

어이없어하며 바로스가 데스테란에게 물었다.

"데스테란 경은 그 이름을 어떻게 아십니까?"

"유명하니까."

사법의 대속자라는 마법이 널리 퍼진 덕분이었다.

이게 워낙 사령술 상대로 효율적인 마법이다 보니 카르나크의 명성 또한 제국에까지 퍼진 것이다.

게다가 데스테란은 특히 저 이름을 많이 들을 수밖에 없었다.

"암흑교단 놈들이 이를 갈고 있더군."

과연 황혼의 교주답다며 그는 자랑스러워했다.

사교도 교주 호칭이 '파사'인 것은 전혀 신경 쓰지 않는 눈치였다.

왜냐면 황혼교는 사(邪)가 아니니까!

어디까지나 이 양반 기준에선 말이지만.

그러는 동안에도 벨티아는 말없이 데스테란과 바로스를 노려볼 뿐이었다.

정확히는, 저들이 지키고 있는 배후의 디오그레스를 노려보고 있었다. 교적인 카르나크가 나타났는데도 전혀 미동이 없다.

바로스가 툭 던지듯 물었다.

"당신은 언제까지 지켜만 보고 있을 셈이오?"

데스테란을 힐끔 보며 벨티아가 대꾸했다.

"그가 먼저 움직일 때까지."

그녀가 경계하는 것은 데스테란의 무력이 아니었다.

"우리 교는 저자에게 한번 뒤통수를 맞았지. 같은 실수를 반복할 순 없지 않겠나?"

데스테란은 드렐타인과 엘레자르를 속여 디오그레스를 빼돌린 전적이 있다. 또 무슨 속임수를 써서 도주할지 모르니 경거망동할 수 없는 것이다.

"서두르다 속아 넘어가는 것보다, 반응을 보고 대응하는 쪽이 확실하다."

벨티아의 말에 데스테란의 안색이 굳었다.

'쳇, 쉽지 않겠군.'

그녀의 말대로였다.

정면 승부에서야 당연히 답이 없다. 하지만 정신없이 치고받는 와중이면 어떻게든 도주할 기회가 생길 수도 있다.

범죄 조직의 수장답게 데스테란은 그런 기회를 잡는 데 비상한 재주가 있었다. 그래서 지금도 어떻게든 디오그레스를 빼돌릴 찬스를 노리는 중이었다.

하지만 저렇게 나오면 그 기회 자체가 생기질 않겠지.

이쪽의 반응을 보고 차분히 대응하며 천천히 말려 죽이겠다는 소리니까.

월등한 강자만이 취할 수 있는 확실한 승리법이다.

"게다가……."

바로스를 돌아보며 벨티아가 천천히 말을 이었다.

"실버 나이트가 둘이면, 일이 꼬일 가능성도 2배란 소리잖느냐?"

자신이 패배할 것이란 생각은 결코 하지 않는다. 그저 디오그레스 콜론을 놓치게 되는 상황만을 두려워할 뿐.

얼핏 오만해 보이지만 실은 그렇지만도 않았다.

데스테란과 바로스가 고소를 머금었다.

"무왕씩이나 돼서 그렇게까지 할 필요가 있나?"

"우릴 너무 높이 쳐주는군요."

오히려 과하게 신중하다고 해야 하리라.

그만큼 무왕, 금검기와 실버 나이트, 은검기 사이엔 극복

할 수 없는 격차가 있으니까.

바로스가 투기검을 뽑아 겨눴다.

"할 수 없군요. 정면으로 붙는 수밖에."

데스테란도 양손을 늘어뜨렸다.

오러 사슬이 땅 위로 길게 늘어진다.

"이거 둘이서 되려나?"

"원래대로라면 무리죠. 하지만 이대로 도망치게 해 주지
도 않을 테니……."

찬란한 은빛 오러를 발하며 바로스가 몸을 날렸다.

"어떻게든 해 봅시다!"

그리고 데스테란을 버린 채 뒤로 도망가 버렸다!

"……이보시게?"

당황한 데스테란이 순간 굳을 때였다.

도주한 바로스가 결계 외곽으로 손을 뻗었다. 요란한 사슬
소리가 울려 퍼졌다.

차르르르륵!

오러 사슬검이었다.

은빛 사슬검이 허공을 가르며 수십 미터 밖으로 뻗어 간
다.

그 끝에 위치한 것은 한창 역행 지배된 악마들을 날려 버
리던 검은 신의 사령술사들!

"어, 어어?"

"으헉!"

갑작스레 뒤통수로 날아든 사슬검 앞에 사령술사들은 아무것도 할 수 없었다.

이내 수박 깨지는 소리가 났다.

콰지직!

단숨에 사교도 두 놈이 비명에 갔다.

도주하는 척하며 상대를 흔들고 그 틈에 다른 동료부터 처리하는 이 수법이야말로 바로스가 오랫동안 써먹어 온 전법 중 하나인 것이다.

'자, 당했지?'

사슬검을 거두며 바로스가 곧바로 벨티아의 반응을 살폈다.

이제 그녀의 반응에 따라 다음 움직임이 결정…….

'어?'

순간 바로스의 안색이 굳었다.

벨티아는 아무 반응도 하지 않고 있었다.

정확히는, 바로스가 사령술사들을 죽이건 말건 신경 쓰지 않는다. 대신 혼자가 된 데스테란을 맹렬히 압박할 뿐.

"이, 이봐! 바로스 경!"

쏟아지는 황금의 투기검 앞에서 데스테란은 정신없이 몰리는 중이었다. 허겁지겁 막고 피하며 그가 비명을 질렀다.

"대체 무슨 짓을 한 건가?"

이래서 기책은 함부로 남발하면 안 된다.

잘 먹히면 기사회생이지만 안 통하면 사서 고생.

둘이서 버텨도 모자랄 판에 1명이 빠졌으니 데스테란만 사경을 헤매게 되었다.

"젠장!"

이를 갈며 바로스는 오러 사슬을 거뒀다.

사슬검 정도론 무왕의 움직임을 막을 수 없다. 무리를 해서라도 확실한 일격을 날려야 했다.

그래야 벨티아도 경각심을 느끼고 검을 거둘 것이다.

"타아아앗!"

기합을 터트리며 바로스가 장검을 양손으로 굳게 쥔 채 머리 위로 크게 올렸다.

그리고 전신의 오러를 한 점에 모아 길게 내지른다!

─역천의 검, 서리 내린 불꽃!

냉기와 화기의 오러가 춤추듯 어우러지며 한 줄기 참격이 되었다.

푸른 비늘이 달린 붉은 뱀이 먹이를 덮치듯 허공을 가로질렀다.

닥쳐오는 일격을 본 벨티아의 눈에 이색의 빛이 어렸다.

"놀랍구나."

원래는 대충 흘리며 계속 데스테란의 목을 노릴 생각이었다. 그런데 의외로 바로스의 일격이 범상치 않았다.

몸을 틀며 그녀가 오러를 떨쳤다.

"흡!"

황금의 투기가 찬란히 빛나며 날아든 붉고 푸른 뱀을 강타했다.

일격에 바로스의 공세가 박살 나 사방으로 흩어졌다.

콰아앙!

벨티아가 감탄을 흘렸다.

"실버 나이트인 줄은 알았지만 이 작자보다도 위일 거라곤 생각지 않았는데, 겉보기만큼 어리진 않은 모양이지?"

그래도 바로스의 일격이 아무 효과도 없진 않았다. 덕분에 데스테란이 간신히 위기에서 벗어난 것이다.

도로 합류하며 바로스가 결계 반대쪽을 힐끔거렸다.

"소중한 교인들을 저렇게 내다 버려도 되는 겁니까? 아무리 암흑교단 교리가 목숨은 내다 버리는 것이라지만 말이죠."

차분히 검을 겨누며 벨티아가 대꾸했다.

"죽음은 테스라낙께서 내리신 크나큰 선물."

사령술사들의 죽음은 그녀에게 어떤 영향도 끼치지 못한 것 같았다.

"저들이 그 선물을 좀 더 일찍 받는다 하여 질투할 수는 없지."

여전히 태연하게, 무심한 얼굴로 살기를 쏟아 낼 뿐.

"그대들에게도, 테스라낙의 축복을 내리겠다."

❋

카르나크는 계속 역행 지배한 위크-테카 무리를 움직여 사령술사들을 압박하고 있었다.

"가라, 무저갱의 악마들아!"

백 마리가 넘는 악마들이 10여 명에 불과한 사령술사들을 사방에서 덮쳐 간다.

기껏 소환한 악마들을 빼앗긴 사령술사들이 치를 떨었다.

"젠장!"

"어째서 저놈만 이런 게 가능한 거지?"

그럼에도 사교도들은 쉽사리 밀리지 않았다.

"어둠이여, 내 팔에 깃들어 산을 부술 힘을 내리소서!"

"강을 틀고 숲을 파헤칠 짐승의 힘을 주소서!"

어둠의 권능으로 육체를 강화한 뒤, 또다시 어둠의 칼날을 뽑아내 전신에 드리운다.

말하자면 일시적인 다크 나이트 상태가 된 셈이었다.

사법의 대속자 때문에 소환 계열 사령술은 도저히 쓸 수 없으니 직접 전투로 방향을 선회한 것이다.

그렇게 덤비는 악마들과 육탄전을 벌이는데 그 기세가 심상치 않았다.

백 마리가 넘는 위크-테카를 상대하면서도 전혀 밀리지 않고 사방에 마혈을 뿌려 댄다.

"테스라낙을 위하여!"

"테레레레레레레!"

"결코 물러서지 않겠다!"

"크카카카라라라!"

사교도와 악마의 외침이 뒤섞여 온통 혼란스러운 소음이 이어진다.

상황을 살피며 카르나크는 혀를 찼다.

'진짜 정예들이네.'

아무래도 한 번 더 기세를 꺾어야 할 것 같았다.

그가 재빨리 전언을 보냈다.

[밀리아!]

기회만을 기다리던 그녀가 곧바로 나섰다.

"라티엘의 광휘가 이 땅에 드리울지니!"

찬란한 성광이 사교도들을 강타했다.

놈들이 휘감고 있던 어둠의 권능이 빛에 의해 조금씩 거두어진다.

사령술사들이 당황해 밀리아를 노려보았다.

"태양의 신관?"

"황혼교에?"

"라티엘의 종이 사교도가 된 것이냐?"

"맙소사, 통탄할 일이군."

듣는 밀리아 복장 터질 소리였다.

"나 황혼교 아니라고!"

어쨌든 성광의 효과는 나쁘지 않았다.

엄청나게 강력한 위력은 아니지만, 가랑비에 옷 젖듯 사령술사들의 힘이 조금씩 약화되고 있었다.

덕분에 밀리던 위크-테카들이 도로 기세를 떨치기 시작한다.

여유가 생기자 카르나크는 디오그레스 쪽을 살폈다.

'저쪽은 괜찮은가?'

***

어둠의 칼날이 날아들어 옆구리를 노린다.

"흥!"

세라티는 간단히 몸을 틀어 공세를 피했다. 그리고 피한 기세를 그대로 살려 역습을 가했다.

피를 토하며 사령술사 하나가 뒤로 나가떨어진다.

"커억!"

다른 사령술사들이 어둠의 칼을 쥔 채 이를 갈았다.

"제길!"

"청색급 주제에 뭐가 이리 세지?"

이들 역시 카르나크 때문에 소환 계열을 포기하고 직접 전투로 전환한 상태였다.

그렇다 해도 자신들이 밀릴 거란 생각은 하지 않았다.

지금 펼친 사령술은 '집어삼킨 황천의 숨결', 무려 자색급 오러 유저에 필적하는 권능을 얻게 해 주는 강력한 술법이었으니까.

그런데 왜 고작 청색급에게 밀린단 말인가?

'그야 이쪽이 우리 전공 분야니까 그렇지.'

비웃으며 세라티는 계속 공세를 가했다.

분명 사령술사들 쪽이 더 강하고 빠르긴 하지만 무술적 측면에선 평범한 수준이었다. 이 정도로 기술에서 격차가 나 버리면 어렵지 않게 상대할 수 있는 것이다.

세라티도 이 정도이니 자색급이면 더더욱 쉬울 터.

실제로 레번은 홀로 4명이나 되는 사령술사들을 상대하면서도 충분히 우위를 점하는 중이었다.

그런데 의외인 부분이 있었다.

"라피셀! 조심!"

황급히 레번이 투기검을 길게 뻗어 날렸다. 라피셀의 배후를 노리던 사령술사가 치를 떨며 투기검을 막아 냈다.

콰쾅!

덕분에 라피셀이 아슬아슬하게 어둠의 검날을 피해 낸다.

"죄, 죄송해요!"

아까부터 저 모양이었다.

고작 사령술사 2명을 상대하는데도 이상하게 자꾸 밀리고 있다.

세라티가 인상을 썼다.

'라피셀 쟤가 왜 저렇게 집중을 못하지?'

간신히 위기에서 벗어난 뒤 라피셀은 재차 각오를 다졌다.

'집중, 집중!'

하지만 쉽지 않았다.

아무리 눈앞의 적들에게 정신을 집중하려 해도, 자신도 모르게 자꾸 시선이 저쪽으로 향한다.

바로스, 데스테란을 상대로 맹렬하게 검격을 펼치고 있는 40대의 여인을 향해서.

'……내가 왜 이러지?'

혼란스러웠다.

분명히 처음 보는 여인이었다. 그런데 왜 이런 이상한 기분이 드는 걸까?

'저 아줌마는 대체……'

벨티아는 계속해서 데스테란과 바로스를 몰아붙이고 있었다.

깃털처럼 그녀의 몸이 떠오르며 금빛 광채를 사방으로 뻗어 낸다.

콰콰콰콰쾅!

휘몰아치는 금검기의 폭격 속에서도 데스테란은 힘겹게 버텼다.

"큭! 크윽!"

당장이라도 쓰러질 것 같으면서도 어떻게든 치명타만큼은 피해 내는 것이다.

"역시 그대의 사슬검은 귀찮구나."

그런 데스테란을 노려보며 벨티아가 혀를 찼다.

"당할 것 같으면서도 용케 빠져나간단 말이지?"

인정하는 건지 무시하는 건지 애매한 평가였다.

피투성이가 된 데스테란이 이를 갈았다.

'내 검술이 고작 그거라고?'

원래 데스테란의 사슬검은 회피와 현혹, 속임수에 특화된 검술이었다. 대륙에서도 가장 교묘하고 위험한 유파 중 하나로 평가받고 있기도 했다.

그걸 고작해야 도망 잘 가는 검술로 치부하다니?

'제기랄!'

하지만 자존심을 내세우기엔 실력 차가 너무 크다.

사실 데스테란 혼자였다면 이렇게 오래 버티지도 못했을 것이다.

반대편에서 바로스가 또다시 참격을 날렸다.

－역천의 검, 휘몰아치는 광풍!

강렬한 은빛 오러가 기이한 투기의 흐름을 싣고 쇄도해 온다.

벨티아가 살짝 눈살을 찌푸렸다.

'이자는 확실히 기이하군.'

얼핏 흔해 빠진 검술 같은데 그 사이로 무왕인 그녀조차 감탄할 만큼 절묘한 투기의 운용이 섞여 있었다.

자연스러움과 독특함이 절묘하게 결합되어 조화를 이루는 것이다.

'실버 나이트와 싸우는 느낌이 아닌데, 이건?'

그렇다고 힘을 감추고 있는 것도 아니었다.

뭐랄까, 골골대는 무왕급과 싸우는 느낌이라고 해야 하나?

너무 부실해져서 금검기조차 발하지 못하는 왕년의 무왕과 싸우면 딱 이럴 것 같다.

그 탓에 벨티아도 당장은 이 둘의 목을 베지 못하고 있었다.

물론 베지 못할 뿐이지, 그녀에겐 터럭만 한 위험도 없었지만.

문득 벨티아가 중얼거렸다.

"아쉽구나. 당신들 같은 강자들이 진정한 신을 거부한 채 죽어야 하다니."

그러더니 안타까워하며 고개를 젓는다.

"테스라낙 님이라면 분명 그대들을 중히 쓰실 터인데."

데스테란이 발끈해 외쳤다.

"그대야말로 어찌 진실을 보지 못하고 사교에 빠졌단 말이냐!"

덕분에 바로스는 묘한 기분을 느껴야 했다.

서로가 서로를 향해 사교도라며 욕을 퍼붓고 있는 것이다.

'아니, 둘 다 그냥 사교인데. 양쪽 모두 진정한 신 따위랑은 아무 상관 없잖아?'

하지만 여기서 이 말 해 봐야 먹히지도 않겠고.

그러고 보니 문득 의문이 들었다.

'왜 벨티아가 검은 신의 교단에 들어간 거지?'

데스테란이 황혼교 가입한 이유는 납득이 간다.

물론 그 이유 자체가 어이없는 것이긴 하지만, 그래도 나름대로의 논리는 있었단 소리다.

'그런데 벨티아는 왜?'

해답은 의외로 금방 알 수 있었다.

데스테란이 어떤 식으로 벨티아를 꾐었는지 모르겠지만,

그녀가 발끈하며 이렇게 외친 것이다.

"닥쳐라! 테스라낙 님이야말로 진정한 죽음의 신이시다!"

그러더니 마치 미친 사람처럼 소리치기 시작한다.

"그분께서 오시면 새로운 세상이 열린다! 그 아이 역시 내 품으로 돌아올 것이야!"

'……그 아이라니?'

데스테란은 이해를 못 했지만 바로스는 이내 알아들을 수 있었다.

'어, 그거구나.'

원래대로라면 이 시기의 벨티아는 아직 대륙을 떠돌고 있어야 했다. 그러다가 어린 라피셀을 만나, 그녀를 제자로 삼고 10년 가까이 은둔하며 무왕으로 키워 냈겠지.

그런데 지금은 그 라피셀을 카르나크가 대신 거두어 버리지 않았던가?

그러니 벨티아는 대륙을 떠돌다가 라피셀을 만나기도 전에 자연스레 검은 신의 교단과 접촉하게 되었을 것이다.

죽음의 신이 강림하면 새 세상이 열리고 죽은 자들이 부활한다는 교리를 지닌 사교를 말이지.

'죽은 딸을 만나게 해 준다며 그녀를 꼬드긴 건가?'

충분히 가능성이 있었다.

전생의 벨티아는 라피셀을 제자로 거두며 딸아이의 죽음을 극복할 수 있었다.

하지만 현시대의 그녀는 여전히 가슴 한구석이 뚫려 있는 상태.

그걸 검은 신의 교단이 교묘히 노렸다면?

아니, 어쩌면 벨티아가 먼저 찾아갔을 수도 있다. 그만큼 당시의 그녀는 절박했으니까.

"으아아아아!"

광기에 찬 기합을 토하며 벨티아가 투기검을 크게 떨쳤다.

황금의 오러가 가공할 범위를 모조리 뒤덮으며 파괴의 빛을 발했다.

콰콰콰콰콰쾅!

폭음과 함께 대지가 진동했다. 실로 끔찍한 파괴력이었다.

스산한 폭연 사이로 어두침침한 여인의 목소리가 울려 퍼진다.

"세상이 바뀌면, 그분이 오시면……."

세상 그 누구보다도 절실함을 담은 음성.

"그 아이도 내 품으로 돌아올 터."

딸을 잃은 어미가 광기 어린 눈빛을 번뜩였다.

"이를 막는 모든 것은 베어 버릴 뿐이다!"

⁂

벨티아를 상대하는 바로스, 데스테란 쪽과 달리 카르나크

쪽은 우세한 상황을 점하고 있었다.

아무리 사령술사들이 신체 강화를 해 가며 덤벼 봐야 레번이나 세라티의 상대는 되지 못한다.

거기에 카르나크가 역행 지배한 위크-테카의 숫자도 상당하고, 밀리아의 신성술도 상대를 억압하고 있다.

비록 라피셀이 어째 평소만 못하긴 했지만 전체적으로 볼때 확실히 카르나크 일행 측이 유리한 상황이었다.

그런데도 영 전투가 끝나질 않는다.

"젠장!"

욕설을 내뱉으며 세라티는 투기검을 날렸다.

푸른 오러가 사령술사 1명의 다리를 베어 갔다.

"크어억!"

극심한 고통 속에서 비명을 지르며 놈이 바닥을 나뒹굴었다. 그리고 도로 일어났다.

잘린 다리의 단면으로 어둠이 피어오른다. 동시에 검붉은 고깃덩어리가 부풀어 올라 다리를 만든다.

"또 살아나네, 이놈."

이게 문제였다.

분명 사령술사들을 쓰러뜨리는 건 크게 어렵지 않았다.

그런데 쓰러진 놈들이 자꾸 부상에서 회복되며 일어난다. 재생력이 좋아도 너무 좋은 것이다.

'아니, 엄밀히 말하면 재생은 아닌가?'

정확히는 어둠의 권능으로 상처를 메우는 것이었다.

손실된 부분만큼 신체가 죽어 언데드화하고 있었다.

'이게 카르나크 님이 말씀하신 그거구나.'

전생 때 카르나크와 바로스가 신체 대부분이 언데드화했다더니 이런 것이구나 싶다.

하긴 팔다리 없는 불구로 사느니 죽은 신체라도 붙어 있어 움직이는 쪽이 낫기는 하겠지.

하여튼 이런 식이라, 카르나크 일행이 분명 우세를 점하고 있는데도 딱히 상황은 나아지질 않았다.

여전히 사령술사들은 미친 듯이 덤벼 오고, 일행은 디오그레스와 그의 결계를 지키느라 동분서주 중이다.

"디오그레스 공!"

열심히 사령술사들을 상대하다 말고 레번이 소리쳤다.

"아직도 멀었습니까?"

슬슬 결계 복구하고 봉인 풀 때 안 됐냐는 질문이었다.

여기서 저 양반이 타이밍 좋게 대마법사의 힘을 되찾아 준다면 얼마나 통쾌하게 상황을 종료할 수 있겠는가?

물론 디오그레스도 매우 그렇게 하고 싶었다.

"그, 그게……."

세상일이란 게 항상 그렇듯, 마음대로 돌아가지 않아서 그렇지.

열심히 지켜 주는 카르나크 일행에겐 미안한 소리지만, 사실 저들의 분투는 결계를 지키는 데 있어선 거의 쓸모가 없었다.

4서클 이하의 마법만으로 정교하게 술식을 짜 고도의 마법을 구사하게 해 주는 결계였다.

비유하자면, 지극히 정교하고 복잡한 회중시계가 100개쯤 연동되어 있는 것이나 마찬가지.

톱니바퀴 하나만 어긋나도 망가져 버리는 정밀한 물건인 것이다.

그런데 하나도 아니고, 톱니바퀴 수십 개가 부서지고 빠져나가 버렸다.

'붕괴된 부분이 너무 많아…….'

그 어떤 방해 없이 오롯이 정신을 집중해도, 도로 수선하려면 족히 1시간은 걸릴 수준이었다.

그런데 지금은 심지어 실시간으로 계속 망가지고 있지 않은가?

하지만 저렇게 열심히 싸우고 있는 이들에게 쓸데없는 짓이었다고 말하기도 미안하고…….

다행히 레번이 먼저 눈치를 챘다.

"혹시 복구 불가능인 겁니까?"

"그, 그렇다네!"

디오그레스의 대답을 들은 카르나크가 빠르게 판단을 내렸다.

"포기하고 물러납시다!"

"하지만 용의 뼈는 이곳 말고는……."

무려 드래곤 랜드까지 가야 한다. 아무리 그래도 암흑교단의 추격을 피해 가며 대륙 동쪽 끝까지 갈 자신은 없다.

카르나크가 외침을 이었다.

"드래곤 본은 7왕국에도 있습니다!"

"용의 뼈가 또 있다고?"

"네!"

디오그레스는 눈을 껌뻑였다.

생각해 보니, 여명탑이라 해도 대륙 서쪽에 대해서는 거의 정보가 없다.

"그렇다면!"

희망을 걸고 디오그레스가 결계에서 손을 뗐다.

레번과 라피셀이 그를 지키기 위해 자리를 옮겼다.

세라티 역시 카르나크에게로 다가갔다. 그러면서 몰래 묻는다.

[정말 있어요?]

[아니.]

그녀의 표정이 뚱해졌다.

'어쩐지 이럴 것 같더라.'

하지만 카르나크라고 대책 없이 거짓말부터 한 건 아니었다.

[대신 구할 방법이 있지. 그러니까 아주 거짓말은 아니야.]

어찌 되었건 최종적으로 용의 뼈가 7왕국 내에 '존재'하기만 하면 거짓말은 아니지 않은가?

[문제는 오히려 이쪽이지.]

카르나크가 검은 신의 사령술사들을 노려보았다.

[도주하자고 말은 했다만…….]

정확히는, 저들의 발치에서 계속 일렁이고 있는 거대한 어둠의 흐름을.

[실제로 저쪽이 순순히 보내 주진 않을 거거든.]

───── ❈ ─────

바로스를 몰아붙이던 벨티아는 미간을 깊게 찌푸렸다.

'저놈들이?'

물러서는 디오그레스며 카르나크 일행을 본 탓이었다.

하지만 그녀는 자리를 이탈하지 않았다.

상황 좀 급해졌다고 상대 중이던 적들에게 등을 내줄 정도라면 애초에 무왕이란 칭호를 받지도 못했을 것이다.

대신 살짝 뒤로 빠지며 언성을 높인다.

"아직인가요?"

뜬금없는 그녀의 질문에 바로스와 데스테란은 의아해했

사령왕 카르나크

다.

반면 검은 신의 사령술사들은 알아들은 모양이었다.

"돼, 됐습니다!"

"교단의 성검이시여!"

"모든 준비를 마쳤습니다!"

사령술사들이 결계 공격을 멈추고 차례로 뒤로 물러선다.

그런 그들을 향해 벨티아가 힐난을 이었다.

"처음부터 이렇게 할 순 없는 겁니까?"

그녀와 가까이 있던 사령술사들이 변명하듯 대꾸했다.

"어쩔 수 없습니다. 마법과는 달라서…….."

"사령술은 점진적으로 위력을 높여 가는 방식이라…….."

"먼저 준비를 해 놓는 작업이 필수입니다."

이들의 대화는 멀리 떨어진 카르나크에게도 들렸다.

엄밀히 말하면 들린 건 아니고 입술 모양을 읽은 것이지만.

'슬슬 시작하나.'

예전과 달리, 아무리 카르나크라도 어둠의 흐름을 이용해서 놈들의 수법을 파악하는 건 불가능하다.

이놈들도 다른 검은 신의 교도들과 같다. 사령력과 다른 기운이 섞여 있으니, 도저히 기존의 감각으로는 예측을 할 수가 없다.

하지만 그래 봤자 저놈들은 사령술사였다. 그리고 사령술사들의 전투 패턴은 은근히 뻔하다.

과연, 굉음이 울리며 거대한 어둠이 피어올랐다.

우우우웅!

피어오른 어둠이 주위를 가득 메운다.

먹구름이 벽이 되어 사방을 감싸며 하늘까지 뒤덮어 간다.

순식간에 어둠은 거대한 반구가 되어 일대를 완전히 덮어
버렸다.

세라티며 레번이 당황해 카르나크를 돌아보았다.

"카르나크 님?"

"이건 대체 무슨?"

카르나크가 빙그레 웃었다.

"뭐겠어?"

어쩐지 기다렸다는 듯한 표정이었다.

"갇힌 거지."

사람의 마음

사방을 뒤덮은 칠흑의 돔을 보며 벨티아는 미소를 지었다.

처음부터 이리할 계획이었다.

설령 결계를 부수고 대마법사의 부활을 막는다 해도, 디오그레스 본인을 놓치면 또다시 지루한 추격을 이어 가야 한다. 그러니 확실하게 도주로를 차단하는 것이 중요하다.

그런데 사령술은 마법과 달리 대규모 술법을 단번에 펼칠 수가 없다. 점진적으로 술법 규모를 키우는 사전 작업이 필요하다.

그래서 여태까지는 저들의 전체적인 움직임을 제어하는 데만 전념한 것이다.

확실하게 숨통을 끊으려 하면 한둘은 처리할 수 있을지 몰라도, 그 틈에 남은 놈들이 디오그레스를 데리고 도주할 가능성이 컸으니까.

'하지만 이제 더 이상 도주를 걱정할 필요가 없지.'

어둠의 장막을 펼친 채 사령술사들이 기세등등하게 외쳤다.

"교단의 성검이시여!"

"테스라낙의 뜻을 펼치소서!"

장막 속에서 시프라스의 무왕이 천천히 걸음을 옮겼다.

"죽음의 신이시여, 당신께서 명한 일을 이루겠나이다……."

미소 사이로 서슬 퍼런 살기가 흘러넘치기 시작했다.

✳

어둠으로 뒤덮인 사방을 돌아보며 세라티와 레번은 인상을 썼다.

"그러니까, 도망 못 가게 벽 쌓아 올린 다음에……."

"혼자서 우리 모두를 상대하겠다는 것?"

데스테란이 치를 떨었다.

"아무리 무왕이라지만 사람을 너무 무시하는구만."

바로스가 고개를 저었다.

"하지만 생각해 보면 나쁘지만은 않은 상황입니다."

골치 아픈 사령술사들은 모조리 장막 밖으로 물러났다.

남은 적은 오로지 벨티아 1명뿐.

"적어도 우리 둘이서 무왕을 감당하는 것보단 낫잖습니까?"

차분한 그 모습에 다른 이들도 정신을 차렸다.

다들 냉정함을 되찾고 검을 겨누며 전투태세를 취한다.

은빛, 자색, 청색의 오러들이 장막 안쪽을 환하게 밝혔다. 카르나크도 혼돈마력을 일으켰고 밀리아는 신성한 기도를 올렸다.

"라티엘이시여, 찬란한 빛 속에 그대의 가호를!"

성광이 모두의 투지를 일깨우고 기운을 회복시킨다.

기력이 돌아오는 걸 느끼며 데스테란이 인상을 썼다.

"그런데 황혼의 신도인 우리가 라티엘의 가호를 받아도 되는 건가?"

바로스가 태연히 되물었다.

"급할 때 옆집 신세 지는 게 뭐가 이상합니까?"

황혼교는 기존의 7여신을 부인하지 않는다. 어디까지나 세라칼을 여덟 번째 여신으로 숭상하는 것이지.

데스테란도 납득했다.

"하긴 그렇겠군. 어차피 기존의 일곱 여신도 세라칼 님의 하위 신일 뿐이니."

아무래도 제국 쪽 황혼교 교리는 또 다른 모양이었다.

'대체 이놈의 황혼교가 물 건너가면서 얼마나 바뀐 건지 모르겠네? 어쨌거나 납득했으니까 다행이지만.'

세라티가 전언으로 카르나크에게 물었다.

[이렇게 될 줄 아셨어요?]

[이게 저들에게 있어 가장 확률이 높은 전법일 테니까.]

승리할 확률이 아니라, 디오그레스를 생포할 확률이 가장 높다는 의미였다.

애초에 벨티아는 자신이 패배할 걱정은 하지도 않는 것이다. 과연 무왕다운 오만함이다.

[실제로 어찌 될지는 붙어 봐야 알겠지만 말이지.]

카르나크 일행이 무왕급과 처음 싸워 본 것은 아니다.

갤러드의 육체를 차지한 미래 레번과 한번 붙어 본 적이 있다.

물론 그때는 아무것도 못 하고 당하기만 하다가 광익의 천사 덕분에 간신히 살아남았을 뿐이지만…….

[지금은 그때랑 다르지.]

다들 당시보다 한 단계 더 강해졌다.

거기에 실버 나이트인 데스테란까지 합류한 상태.

완드를 움켜쥐며 카르나크는 의미심장하게 웃었다.

[지금의 우리라면, 상대가 시프라스의 무왕이라도 그리 쉽게 당하진 않을걸.]

시프라스의 무왕이 황금의 오러를 전신에 두른 채 서서히 다가온다.

"어리석은 이교도들아……."

걸어오는 죽음을 형상화한 것 같은 가공할 살기가 모두의 어깨를 짓누른다.

"진정한 신 앞에 무릎 꿇어라."

차갑게 읊조리며 벨티아는 발끝을 튕겼다.

그녀의 전신이 제비처럼 대지 위를 빠르게 스쳐 지나갔다.

휘이이익!

순식간에 거리를 좁히며 황금의 참격이 카르나크에게로 날아든다.

오러 유저들보다, 뒤에서 조율하는 마법사를 먼저 노린 것이다.

다행히 이는 카르나크가 예상했던 범위 내였다.

"윈드 워크!"

채 참격이 쇄도하기도 전에 먼저 좌측으로 움직인다.

아슬아슬하게 참격이 빗나가 바닥을 때린다.

콰아아앙!

애초에 무왕의 공격을 보고 피하는 건 말도 안 된다.

벨티아가 발끝을 튕길 때 미리 주문을 시전해 놓은 것이다. 덕분에 무왕의 일격이 훌륭히 빗나갔다.

그 뒤를 데스테란이 노린다.

"받아 봐라!"

차르르륵!

은빛 사슬검이 벨티아의 사방을 뱀처럼 휘감았다.

그녀가 검을 쥔 손목을 까닥거렸다.

"이 정도론 부족해."

순식간에 검광이 나부끼며 오러 사슬이 조각조각 박살 나
터져 나갔다.

오러 역류의 충격으로 데스테란이 낮은 신음을 흘렸다.

"크윽!"

흩날리는 오러의 파편 사이로 이번엔 레번이 파고들었다.
자색의 투기검이 예리하게 상대의 급소를 찔러 갔다.

-델피아드 검투술, 검왕의 일격!

얼핏 단순한 찌르기 같지만 사전 동작이 기묘하다.

모든 신체 움직임과 오러의 흐름에 페이크를 놓아 어디로
찌를지 전혀 파악하지 못하게 하는 것이다.

상대가 검술에 대해 알면 알수록 현혹되기 쉬운 기술이었
다.

벨티아는 현혹되지 않았다.

"스트라우스 가문인가?"

몸을 트는 것만으로 간단히 찌르기를 피해 낸다.

그 수많은 페이크조차도 그녀에겐 속 보이는 잡기술에 불과했으니까.

그리고 곧바로 반격.

벨티아의 검 끝이 우아한 궤적을 그렸다. 황금의 선이 레번의 사방을 뒤덮으며 해일처럼 밀려왔다.

"헉!"

무수한 실타래가 거미줄처럼 휘감기는 느낌이었다.

기겁하며 레번이 사방으로 참격을 난사해 댔다.

"으아아아아!"

그럼에도 모든 황금의 실을 전부 걷어 낼 순 없었다. 순식간에 그의 좌반신이 피투성이가 되었다.

"크으윽!"

그동안 세라티와 라피셀은 벨티아의 배후를 노리고 있었다.

갈고닦은 검술을 총동원해 오묘한 연격을 가한다.

청색과 자색의 투기검이 절묘하게 어우러져 서로의 빈틈을 보완하며 빠져나가지 못할 검의 그물을 펼친다.

ㅡ타스칼류, 4연참!

벨티아가 쏟아지는 검세 사이로 발걸음을 옮겼다.

한 걸음에 참격의 사이로 파고들어, 두 걸음에 세라티의 코앞으로 다가가며, 세 걸음에 라피셀의 등으로 돌아간다.

"협!"

짧은 기합과 함께 두 줄기 금빛 섬광이 찬란히 빛났다.

무지막지한 충격이 둘의 투기검을 강타했다.

쿠웅!

밀려난 세라티가 피를 토했다.

"퀵!"

라피셀은 별 부상이 없었지만 꽤나 충격을 받은 상태.

"크윽!"

그나마 다행인 건 둘 다 완전히 쓰러지기 전에 자세를 잡아 후속 공세만큼은 피했다는 점이었다.

입가의 피를 닦으며 세라티가 치를 떨었다.

"너, 너무 센데……."

라피셀도 전적으로 동감이었다.

"……그때랑은 전혀 다른 느낌이에요."

갤러드, 정확히 미래 레번은 그야말로 괴수 같은 존재였다.

압도적인 신체 능력, 압도적인 오러, 압도적인 검술의 경지까지.

모든 면에서 감히 범접할 수 없었다.

반면 벨티아는 조금 다르다. 분명 압도적이긴 한데, 그걸 결코 내세우지 않는다.

필요할 때, 필요한 만큼, 필요한 부분을 베고 찔러 올 뿐.

그야말로 기교의 극한에 다다른 검술이었다.

강점은 미래 레번만 못하지만, 단점이 미래 레번보다 훨씬 적달까?

다수의 약자 입장에선 차라리 미래 레번 쪽이 상대하기 쉬운 것이다.

횟수로 밀어붙이면 어떻게든 역공의 기회라도 잡을 수 있을 테니까.

반면 벨티아는 그런 기회를 아예 주지 않는다.

세라티의 안색이 어두워졌다.

'정말 우리가 승산이 있긴 한 거야, 이거?'

⚜

벨티아는 계속해 카르나크 일행을 몰아붙이고 있었다.

한 발 내디딜 때마다 공간이 뒤흔들린다.

"어리석은 이교도들아……."

일 검을 내지를 때마다 황금의 섬광이 눈앞을 휘감아 온다.

"진정한 신의 위엄을 맛볼지어다."

쏟아지는 가공할 참격의 폭격 앞에 카르나크 일행이 취할 수 있는 선택지는 그리 많지 않았다.

그저 지닌 모든 것을 쏟아부으며 어떻게든 살아남기 위해 발버둥 칠 뿐.

하지만 모두가 알고 있었다.

이래서는 결코 오래 버티지 못한다는 것을.

'으으…….'

'도저히…….'

'답이 안 보이는데…….'

그나마 모두가 아직 무사한 이유는 바로스 덕이었다.

날아드는 무왕을 가로막으며 금발의 검사가 은빛 섬광을 떨쳐 낸다.

─역천의 검, 삭막!

투기검이 네 줄기로 갈라지며 소용돌이가 되어 벨티아의 사방으로 쏟아진다.

전후좌우를 동시에 공략하는 그 공격에 그녀가 인상을 썼다.

'역시 이자의 기술은 특이하군.'

내뻗던 검을 거두며 모든 공세를 튕겨 낸다. 명색이 무왕이니 이 정도에 당하진 않는 것이다.

하지만, 반대로 이야기하면 바로스의 공격만큼은 벨티아라도 따로 신경을 써야 한다는 소리.

그만큼 엄청난 검술이었다.

담긴 이치도, 오러의 운용도 절묘하기 짝이 없다.

'절대 내 밑이 아니야.'

하지만 그런 것치고는 또 튕겨 내는 건 어렵지 않았다. 확실하게 그녀보다 밑이라는 의미였다.

'모순이군.'

잠깐 벨티아의 집중이 풀린 틈에 바로스가 후속타를 날렸다.

– 역천의 검, 춤추는 광대!

이번엔 검술이라고 하기에도 괴상한 기술이 펼쳐졌다.

갑자기 칼날을 양손으로 잡더니, 칼자루를 통해 오러를 발산한다!

콰콰콰콰콰!

그런데 또 칼날 쪽에서 오러가 안 나오는 것도 아니었다.

둔탁한 망치 같은 오러에 이어 날카로운 투기가 회오리치며 뒤따랐다.

하도 신기한 기술이다 보니 벨티아도 진지하게 검으로 맞섰다.

"허업!"

황금의 투기가 은빛 오러와 충돌했다.

역시 실력 차는 어쩔 수 없었는지 바로스의 투기가 완전히 소멸해 허공으로 흩어졌다.

하지만 벨티아는 내심 감탄하고 있었다.

이치에 완전히 어긋나는데, 이게 또 위력 자체는 결코 낮지 않다.

'대체 어떻게 이런 기술이…….'

그때였다.

갑자기 바로스가 피를 주르륵 토한다?

"꾸엑…….'

"……?"

점점 더 모르겠다.

'대체 왜 저러는 거지, 저놈?'

<hr />

'아, 이건 부작용이 심하네.'

입가의 피를 닦으며 바로스는 쓴웃음을 지었다.

'은검기까지 복구했으니까 써도 될 줄 알았는데.'

어설픈 기술은 써 봐야 무왕에게 통하지 않는다. 무리를 해서라도 할 수 있는 최대한의 공격을 해야 한다.

그래서 그가 지닌 최강의 검술, 역천의 검을 펼쳤다.

문제는 이 역천의 검이 데스 나이트 시절 사용하던 검술이란 점이었다.

애초에 죽은 몸으로 구사하던 검술이라 육체가 망가지건 말건 전혀 신경 쓰지 않았던 것이다.

어차피 손실 나면 카르나크가 때워 줄 텐데?

물론 역천의 검에 속한 모든 기술에 전부 부작용이 있는 것은 아니지만…….

'어떤 게 부작용이 있는 거고, 어떤 게 없는 건지 모르겠구만.'

그렇다고 상황이 긴박한데 일일이 확인할 수도 없다.

'부작용으로 사지 박살 나는 것만 아니면 좋겠는데.'

그동안 세라티며 레번과 많이 친해졌는데 이런 일로 헤어지는 건 역시 좀 아쉽지.

하여튼 역천의 검으로도 오래 버티긴 힘들다.

슬슬 다른 수를 써야 한다.

[도련님, 뭔가 계획 있으면 쓰실 때입니다? 광익의 천사라거나.]

바로스의 전언에 카르나크가 떨떠름한 어조로 대꾸했다.

[그건 지금 같은 상황에선 못 써. 육망성 그릴 때까지 벨티아가 가만있어 주겠냐?]

미래 레번은 맹목적으로 카르나크를 쫓아와 주었기에 육

망성 안에 가둘 수 있었다.

하지만 벨티아는 현세의 인물. 미래 레번처럼 움직여 주진 않겠지.

[그럼 아까는 왜 전부 짐작했다는 듯이 실실 쪼개신 겁니까? 뭐 잘나셨다고.]

[방법은 있어! 그런데 너희들이 아직도 벨티아를 제대로 못 흔들었잖아!]

또 티격태격하는 둘을 보며 세라티는 문득 의구심을 느꼈다.

확실히 카르나크는 벨티아가 저렇게 나오는 걸 보며 오히려 웃었다.

하지만 잘 생각해 보면, 그는 상대가 홀로 나선다고 좋아했던 게 아니다.

갇혔다는 부분에서 좋아했지.

'……장막 안에 갇히면 대체 뭐가 유리해지는 거지?'

✳

화려한 검무를 추며 레번이 벨티아의 배후를 노렸다.

─델피아드 검투술, 염왕의 윤무!

좌측에선 데스테란의 은빛 사슬검이 꿈틀거리며 날아오른다.

─데스테란류 사슬검, 체인 오브 미스트!

정면으로 쇄도하는 것은 바로스가 내려친 가공할 일격.

─역천의 검, 찢어발기는 광견!

벨티아는 냉정하게 공세에 맞섰다.

금빛 찬란한 검광이 폭풍처럼 일어나 수십 차례의 폭발을 일궜다.

콰콰콰쾅!

그렇게 몸을 보호하며 감탄을 흘린다.

'대단한 자들이로구나.'

데스테란이야 이미 실력을 익히 알고 있으니 딱히 감탄할 것도 없었다.

하지만 다른 이들은 정말 놀랍다.

바로스는 물론이고, 레번 또한 저 나이에 절대 다다를 수 없는 경지인 것이다.

'이 자리에 미래의 무왕 후보가 둘이나 있었군.'

물론 어디까지나 감탄했다는 소리지, 위협을 느꼈다거나

한 건 아니다.

짧은 기합과 함께 그녀가 모든 공세를 가볍게 받아쳤다.

"흡!"

받아치는 동작이 고스란히 공격으로 이어진다.

완벽한 공방일체, 황금의 투기검이 셋을 후려갈기며 파문을 일으킨다.

쿠웅!

가차 없이 밀리며 데스테란과 레번이 치를 떨었다.

"크윽!"

"이래도 안 먹히나?"

기회를 엿보던 세라티가 푸른 투기검을 휘두르며 가세했다.

─타스칼류, 내려치기 이연격!

당연히 통하지 않았다.

손목을 까닥거린 것만으로 세라티의 참격을 쉽사리 쳐 낸다.

"으윽!"

물러서는 그녀를 보며 벨티아가 눈을 가늘게 떴다.

'저 아이도 실력 이상의 뭔가를 지니고 있는 것 같고.'

오러 유저들은 계속해 벨티아에게 덤비고 또 덤벼 댔다.

하지만 도저히 파고들 틈을 찾을 수 없었다.

심지어 그녀는 이 와중에도 카르나크에게서 눈을 떼지 않았다.

'저 마법사는 아까부터 아무 짓도 하지 않고 있네.'

제국군 내에서 전해지는 격언이 있다.

전장에서 제일 가소로운 자는 여태 아무 짓도 하지 않은 마법사이며…….

'제일 두려운 자는 아직 아무 짓도 하지 않은 마법사라지?'

그래서 수시로 투기검을 날려 카르나크를 압박하는 중이었다.

덕분에 점점 초조해지는 카르나크였다.

다행히 아직까진 용케 벨티아의 투기검을 피해 냈지만, 언제까지 그 행운이 계속될까?

그러니 어서 반격을 꾀해야 하는데…….

'젠장, 도무지 기회가 안 와.'

다들 많이 강해졌다. 그래서 이 정도면 벨티아를 이기진 못해도 충분히 흔들어 놓을 순 있을 줄 알았다.

그런데 누가 무왕 아니랄까 봐, 저렇게 사방에서 몰아치는데도 조금도 흔들리지 않은 채 전장 전체를 관조한다.

찔러볼 틈이 전혀 보이질 않는 것이다.

'어쩌지? 디오그레스라도 이용해?'

벨티아에게 디오그레스의 생포는 결코 어길 수 없는 신의 명령이다.

'저 인간 목에 칼 대고 죽인다고 협박하면 조금은 흔들리지 않을까?'

순간 이런 생각도 떠올랐지만 카르나크는 바로 포기했다.

'아니, 안 통한다.'

이는 어디까지나 카르나크가 진심이라고 상대가 믿어 의심치 않을 때나 먹히는 수법이다.

그러니까, 마치 '예전 자신의 수하'였던 것 같은 반응을 보이던 미래에서 온 자들에게나 말이지. 하지만 벨티아는 미래에서 회귀한 자가 아니라 당대의 무왕.

'믿을 리가 없지.'

그리고 저게 사실이기도 하다.

카르나크가 실제로 디오그레스 목에 바람구멍을 낼 수는 없는 처지니까.

괜히 디오그레스와 사이만 나빠지고 얻을 것은 없다.

'뭔가 다른 방법이 없나? 잠깐만 빈틈을 만들어 주면 되는데……'

───────── ✳ ─────────

날카로운 살기가 금빛의 투기에 실려 사방으로 휘몰아친다.

칼날의 폭풍이 모두의 사지를 저미고 찔러 들어온다.

벨티아는 결코 서두르지 않았다.

침착하게, 허점을 보이지 않고 완성된 무인의 모습으로 그저 몰아붙일 뿐이었다.

시간이 흐를수록 승부의 천칭은 급격하게 한쪽으로 기울어져 갔다.

결국 바로스가 일격을 허용했다.

가슴께가 길게 갈라지며 피 분수가 솟구친다.

"크으윽!"

심각한 중상이었다.

그나마 숨통이 끊어지지 않은 이유는 그 찰나의 순간 공격을 포기하고 모든 오러를 방어로 돌린 덕분.

죽이려고 날린 일격에서 상대가 살아남았음에도 벨티아는 딱히 놀라지 않았다.

'저 정도는 할 만한 강자라 보았지.'

어쨌든 쓰러뜨렸으니 더 이상 볼일은 없다. 그리고 바로스만 처리하면 나머지는 별것 아니다.

그녀의 움직임이 더욱 빨라졌다.

황금의 궤적이 카르나크 일행 사이를 섬광처럼 누볐다.

"크윽!"

"제, 제길……."

결국 한계가 찾아왔다.

두 번째 희생자는 데스테란이었다.

"크억!"

은발의 청년이 땅바닥을 나뒹굴었다.

붉은 선혈이 어깨부터 옆구리까지 길게 그어진 자상으로부터 연신 흘러나왔다.

나가떨어진 그를 보며 벨티아는 새삼 감탄했다.

저런 중상을 입고도 데스테란은 아직 죽지 않았다. 잔여 오러로 어떻게든 상처를 감싸 지혈하고 있다.

'역시 실버 나이트, 경력은 무시 못 하겠군.'

뒤이어 레번도 피를 흩뿌리며 쓰러진다.

"커억!"

그 역시 아슬아슬하게 즉사는 면했다.

전신이 박살 날 것 같은 충격 속에서도, 본능적으로 오러를 운용해 잔여 파괴력을 외부로 흘린 덕분이었다.

저건 가르친다고 할 수 있는 것이 아니다. 타고나야 한다.

'역시 스트라우스. 재능은 무시 못 하겠네.'

마지막으로 무릎 꿇은 것은 피투성이가 된 세라티였다.

"으윽!"

비틀대는 그녀를 본 벨티아의 표정이 기묘하게 변했다.

'……쟤는 왜 살아 있지?'

분명히 죽었어야 할 각도와 위력을 지닌 참격이었다. 그런데 신기하게도 베이는 순간 급소를 피했다.

이유 자체는 알고 있었다.

그냥 운이 좋았다. 우연히 그 순간 세라티가 발을 헛디뎌 타이밍이 살짝 어긋났다.

그 이유가 이해가 안 갈 뿐.

'운이 너무 자주 좋은데?'

하지만 벨티아는 이내 신경을 껐다.

어차피 저 붉은 머리 여인은 처음부터 딱히 위협적인 적이 아니었다.

그녀는 목표물인 디오그레스 쪽을 돌아보았다.

이제 방해물은 셋뿐이었다.

교적 카르나크와 여신교의 성직자, 그리고 자색의 투기검을 쥔 채 자신 앞을 가로막은 잿빛 머리 소녀.

동료들이 연달아 쓰러졌음에도 소녀의 눈동자는 흔들리지 않았다.

두려움을 모르는 건 아니다. 격하게 뛰는 심장, 차갑게 식은 손발이 그녀의 공포를 대변해 준다.

그럼에도 용기를 끌어내 두려움을 이겨 내고 무왕인 자신 앞에 서 있다.

벨티아는 솔직히 감탄했다.

'또 미래의 무왕 후보인가? 어떻게 하늘이 내린 천재들이 이렇게 모여 있을 수 있지?'

검은 신의 교단을 만나기 전이었다면 데려다가 제자로 삼고 싶다는 생각마저 들 정도였다.

하지만 지금의 그녀에겐 그 무엇보다도 우선시해야 할 절대적인 사명이 있음이니.

"물러나거라, 아이야."

잿빛 머리 소녀, 라피셀을 바라보며 그녀가 무심한 어조로 말했다.

"네 실력이 뛰어나서 여태 무사했다고 여기는 건 아니겠지?"

라피셀이 억지로 웃었다.

"알아요, 제가 어린애라서 봐준 거겠죠."

실제로 다른 이들과 달리 그녀에겐 별다른 부상이 없었다.

벨티아의 죽은 딸이 살아 있었다면 대충 라피셀 정도의 나이였다. 무의식중에 그녀만큼은 사정을 봐준 것이다.

애써 혀를 날름 내밀며 라피셀이 떨리는 농담을 던졌다.

"이왕 봐주신 거, 계속 봐주시면 안 될까요?"

내내 무심하던 벨티아의 입가에 희미한 미소가 떠올랐다.

"맹랑한 아이로구나."

맹랑하지만, 올바르다.

그야말로 동료를 저버릴 순 없다는 확고한 의지 표명.

그녀가 황금의 투기검으로 라피셀을 겨눴다.

"되도록 다치지 않게 쓰러뜨려 주마."

황금의 검이 춤을 춘다.

'아…….'

눈앞 가득 오러가 도도히 흘러간다.

'이게 무왕의 경지구나.'

참으로 수려하고 아름다운 검이었다.

모든 것이 이치에 맞았다. 세상과 그녀의 검이 하나가 되어 움직이는 것 같았다.

정말이지 엄청나고, 굉장하고…….

'그립다…….'

문득 라피셀은 의아해졌다.

그리워? 왜? 오늘 처음 본 아줌마인데?

도무지 이해가 안 가는데, 이해가 간다는 느낌만 든다.

'이상해, 나…….'

홀린 듯 라피셀은 검을 뻗었다.

자색의 투기검이 황금의 궤적과 어우러지기 시작했다.

참으로 빈약한 검이었다.

절대자, 무왕의 그것에 비교하면 실낱처럼 하찮고 가냘프다.

그럼에도 끊어지지 않는다.

보랏빛 실이 황금의 폭풍 사이로 나부끼며 수려하게 흘러

간다.

'이, 이건……?'

벨티아의 안색이 딱딱하게 굳었다.

저 잿빛 머리 소녀의 검술은 더 이상 타스칼 검술이 아니었다.

'……크로테리안 소드?'

벨티아를 시프라스의 무왕으로 만들어 준 절기.

그리고 그녀는 이를 아직 타인에게 전수한 적이 없었다. 워낙 고난이도의 검술이라 재능을 심각하게 타는 탓이었다.

그녀 외에 그 누구도 몰라야 할 검술이 눈앞의 작은 소녀로부터 흘러나온다.

"어떻게……."

항상 침착하던 벨티아의 표정에 균열이 갔다.

"어떻게 네가 이 검술을 알고 있지?"

형태가 완전히 같은 것은 아니다.

벨티아와 소녀의 신체가 다르고 오러가 다르니, 검술의 외견 역시 같을 수는 없다.

하지만 그 뜻이 동일하고, 그 흐름이 동일하며, 그 추구하는 바가 동일하다.

틀림없었다.

이는 그녀 자신의 검술이었다.

무심이 깨지고 비명이 터졌다.

"대답해!"

하나 라피셀은 흔들리지 않았다.

이미 그녀는 무의식의 영역에서 움직이고 있었다. 넋이 나간 인형처럼 오직 검의 이치에 따라 검을 펼칠 뿐이었다.

"대답하란 말이다!"

벨티아의 오러가 폭발하듯 치솟아 사방으로 퍼져 나갔다.

분노와 흥분으로 치켜든 검이 가공할 권능을 담아 떨쳐 운다.

웅웅웅웅!

엄청난 기운이었다.

이대로 내려치기만 하면 저 작은 소녀는 한 줌의 피 떡이 되어 사라지리라.

그러나 그녀는 내려칠 수 없었다. 바로 그때, 지켜보던 카르나크가 날카로운 고함을 터트린 탓이었다.

"조심해, 라피셀!"

'라피셀?'

딸과 똑같은 이름을 가진 아이가, 자신과 똑같은 검술을 펼친다.

어째서? 어떻게? 대체 왜?

손이 떨렸다.

손이 쥔 검도 떨렸다.

'아니, 난, 그러니까, 이건, 아니, 하지만…….'

혼란이 쏟아져 벨티아의 머릿속에 흘러넘치기 시작했다.

꒰꒱

카르나크는 내심 쾌재를 외쳤다.

'마침내 빈틈을 보였구나, 벨티아!'

처음부터 이런 상황을 기대한 건 아니었다.

바로스나 다른 오러 유저들이 벨티아를 흔들어 놓을 줄 알았지, 라피셀이 본연의 검술을 펼칠 거라곤 전혀 예상치 못했다.

하지만 이미 벌어진 상황을 써먹지 않을 이유도 없지 않은가?

일부러 라피셀의 이름을 외쳐 흔들림에 쐐기를 박았다.

그 한마디에, 철벽같던 시프라스의 무왕에게 균열이 갔다.

이로써 모든 준비가 끝났다.

모든 조건이 맞물려졌다.

'시프라스의 무왕을 이길 가능성은 별로 없지만……'

혼돈마력을 일으키며, 그 속에 사령력을 은밀히 뒤섞는다.

'벨티아를 이길 가능성은 있거든!'

회심의 미소와 함께 카르나크가 양손을 좌우로 펼쳤다.

"피어올라라, 천년의 흉몽이여!"

벨티아는 멍하니 신음을 흘렸다.

"아……."

눈앞이 캄캄했다. 사방이 암흑이었다.

머릿속이 흐릿하다. 대체 자신이 어떻게 이곳에 왔는지도 모르겠다.

그저 슬프고 또 슬플 뿐이었다.

현실이라기엔 모든 것이 막연한데, 꿈이라기엔 지나치게 또렷한 칠흑의 세계.

목소리가 들린다.

작고, 연약하고, 사랑스럽고, 달콤한.

"……엄마."

평생 잊어 본 적이 없는 소중한 목소리가.

어둠이 걷혔다.

벨티아는 눈을 떴다. 그리고 의아해했다.

'여기는?'

그녀는 어느 부엌에 앉아 있었다.

평범한 아낙의 복장으로, 눈앞의 화덕에 솥을 걸고 걸쭉한 수프를 열심히 끓이는 중이다.

"아……."

기억이 났다.

이곳은 그녀의 집. 지금은 저녁 준비 시간.

맞은편 식탁에서 작은 여자아이가 의자를 당기고 앉아 열심히 뭔가를 끄적거리고 있다.

'맞아, 라피셀은 글자 공부 중이지?'

벨티아는 뿌듯해했다.

딸아이의 글씨 쓰기 솜씨가 많이 늘었다. 비록 삐뚤빼뚤 모양은 엉망이지만 제법 알아볼 수 있을 정도로 또렷하게 글자를 적고 있다.

'반면 난 도통 요리 솜씨가 늘지 않는단 말이지.'

수프를 살짝 떠서 맛본 뒤 그녀는 고개를 갸웃거렸다.

뭔가 맛이 밍숭맹숭하다.

"미안해, 딸. 오늘 저녁도 어째 좀 망친 것 같네."

"엄마!"

아이가 고개를 들더니 미간을 귀엽게 찡그렸다.

"난 이렇게 매일 열심히 노력해서 공부하는데! 엄마도 음식을 맛있게 하려는 노력을 해야지! 점심도 맛없었는데 저녁도 맛없으면 어쩌라고!"

'얘 좀 보게.'

어이가 없어 벨티아는 웃음을 터트렸다.

정말이지 아이는 한 치 앞을 예상할 수 없구나 싶었다.

"요게 감히 엄마한테 못 하는 소리가 없어!"

그렇게 또 하루가 지나간다.

평소처럼 바쁘고, 피곤하고, 귀찮고, 행복하고, 충실한 하루.

해가 저물자 잠자리에 들 시간이 다가왔다.

침대에 누워 아이가 묻는다.

"엄마, 엄마, 침대 밑에 괴물 있어?"

"없어."

아이는 어미의 대답에 만족하지 않았다.

"엄마, 엄마, 벽장 속에 괴물 있어?"

"없어."

아이 곁에 앉아 벨티아는 부드럽게 속삭였다.

"괴물 같은 건 아무 데도 없어요. 그러니까 이제 좀 자라, 응?"

"우웅⋯⋯."

부모 말을 착실히 들으면 아이가 아니다.

역시나 잠들 생각 따위 전혀 없이, 딸아이가 꼬물꼬물 어미 품으로 기어들어 왔다.

"엄마⋯⋯."

"왜?"

"엄마는 라피셀 지켜 줄 거지?"

"그럼."

"항상?"

"항상."

아이가 어미를 올려다보며 웃었다.

"……그런데 왜 지켜 주지 않았어?"

딸의 미소가 일그러진다. 어미의 시야가 무너진다. 모녀의 세상이 조각조각 갈라져 허물어져 내린다.

흐르는 핏물 사이로 목소리가 울려 퍼졌다.

왜 지켜 주지 않았어?

왜 지켜 주지 않았어?

왜? 왜? 왜?

어느새 세상이 바뀌었다.

사방이 피투성이였다. 검붉은 피 웅덩이 속에 찢어진 고깃덩이가 보였다.

소중한 딸아이가 부서져 있었다.

"아아……."

잘린 팔, 잘린 다리, 저 작은 몸의 어디에 들어 있었는지 신기할 정도로 가득 쏟아진 선홍빛 내장들.

"아아아……."

아이가 숨을 쉬지 않는다.

엄마를 부르지도, 웃음 짓지도, 화를 내지도 않는다.

"아아아악!"

비명을 토하며 벨티아는 양손으로 얼굴을 감쌌다.

손톱이 뺨을 후벼 팠다. 손가락 사이로 핏물이 줄줄 흘러
나왔다.

"아아아아악!"

※

"으으……."

신음을 흘리며 세라티는 애써 몸을 일으켰다. 그리고 눈앞
의 광경을 보며 당혹했다.

'무슨 일이 벌어진 거지?'

다들 아직 정신을 못 차린 상태였다.

그나마 멀쩡한 이는 밀리아와, 그녀의 신성 가호 안에 들
어가 있는 디오그레스 콜론뿐.

그 너머에 잿빛 머리 소녀가 검을 늘어뜨린 채 멍하니 서
있었다.

"라피셀?"

이름을 불러도 대답이 없었다.

눈동자에 초점이 없는 것이, 어쩐지 무의식 상태인 것 같
았다.

그리고 그 맞은편에는…….

콰콰콰콰콰쾅!

어마어마한 황금의 투기가 폭주하며 날뛴다.

벨티아가 허공에 떠오른 채 무지막지한 오러를 전신으로 뿜어내고 있는 것이다.

경악해 세라티는 입을 가렸다.

'뭐야, 저거?'

본능적으로 알아차렸다.

저건 정신이 나간 일반인이 멋대로 팔다리를 허우적대는 것과 비슷한 상황이다. 다만 오러 유저의 경우엔 육체에 속하는 사지보다 정신에 가까운 투기가 먼저 날뛰는 것이다.

웅웅웅웅!

어둠의 장막 안쪽에 폭풍이 휘몰아친다. 황금빛 투기에 닿는 모든 것이 박살 나 사방으로 흩어진다.

그야말로 범접할 수 없는 파괴의 현신, 그 자체.

세라티는 헛웃음을 흘렸다.

'무왕쯤 되면 정신 줄도 저렇게 거창하게 놓을 수 있는 거야?'

하지만 저래선 아무리 무왕이라도 몇 분 못 버티고 탈진해 쓰러질 것이다. 재수 없으면 저대로 죽어 버릴 수도 있고.

궁극의 경지에 오른 자가 그런 기초 중의 기초를 어길 리 만무하니, 이는 분명 인위적인 행위의 결과물일 터.

세라티는 의심 가는 이를 돌아보았다.

그는 폭주하는 벨티아를 보며 싱글벙글 웃고 있었다.

"진부하긴 하지만, 그래도 이게 역시 제일 잘 먹힌다니까."

이해할 수 없는 혼잣말을 하는 카르나크를 향해 전언을 보낸다.

[뭐가 어떻게 된 거예요?]

[어떻게 되긴?]

카르나크가 어깨를 으쓱였다.

[잘된 거지.]

꽤나 자랑스러워하는 얼굴이었다.

그래서 세라티는 불안해졌다.

경험상 저 인간이 저렇게까지 으스대는 경우는 하나뿐이다.

결과는 최상이고, 과정은 최악일 때.

[……대체 무슨 짓을 하신 건데요?]

⁂

바로스는 벨티아가 어쩌다 검은 신의 교단에 들어갔는지 궁금해했고, 그녀의 외침을 듣고서야 이유를 알았다.

카르나크는 그럴 필요가 없었다.

그냥 그녀를 본 순간 곧바로 눈치챘다.

'죽은 딸 살리겠답시고 사교에 빠졌구만.'

예전에 비슷한 아이디어를 떠올린 적이 있었기 때문이다.

─라피셸이 지금 우리랑 다니니까, 벨티아는 여전히 죽은
딸 때문에 넋 놓고 살고 있을 거 아냐? 그럼 딸 만나게 해
준다고 하고 무왕 하나를 우리 편으로 끌어들일 수 있지 않
을까?

하지만 세라티가 반대해서 그냥 접어 둔 계획이었다.
[엥? 제가 반대했었다고요? 언제요?]
[그야, 그땐 벨티아를 콕 집어서 물어본 건 아니었거든.]
정확히는 이렇게 물어봤다.

─죽은 친지나 가족을 다시 만나게 해 준다고 하고, 이 시
대의 강자들 우리 편으로 끌어들여도 될까?

그제야 세라티도 기억이 났다.
당시 그녀는 이렇게 되물었다.

─다시 만나는 이가 살아 있는 사람이긴 해요?
─그럴 리가, 언데드로 부활시킨다는 소리지.

사령술은 죽은 자를 현세로 부르는 기술이지 산 자로 되돌

려주는 기술이 아니다.

- 사랑했던 사람이 좀비 돼서 나타나면 참 고마워하겠네요.
- 안 좋아하려나?
- 칼 맞기 딱 좋죠.

그래서 포기했는데, 아무래도 검은 신의 교단은 거짓말로라도 벨티아를 속인 모양이었다.

[아니면 정말 테스라낙에겐 다른 방법이 있을지도 모르고.]

어쨌든 상황이 짐작이 가니 해결책도 보였다.

[적당히 흔든 다음, 죽은 딸의 환영을 이용하면 충분히 사람 미치게 할 수 있겠다 싶었지.]

다만 이 술법에는 전제 조건이 필요했다.

무려 무왕의 경지에 오른 벨티아였다. 그냥 사령술 걸려고 하면 곧바로 충만한 금빛 오러에 튕겨 나 버린다.

그러니 은밀하게, 조금씩 입자 단위로 흡입시키며 서서히 중독시킬 필요가 있다.

하지만 허허벌판에 안개 뿌려 봐야 금방 사방으로 흩어질 뿐. 밀폐된 공간이어야 효과를 본다.

그리고 카르나크는 검은 신의 교단이 알아서 밀폐 공간을 만들어 줄 거라 기대하고 있었다.

마법은 집중, 사령술은 분산.

결계를 뿌려 상대를 가두고 천천히 마무리하는 것이 사령술을 가장 효율적으로 구사하는 길인 것이다.

[말했잖아, 사령술사들 하는 짓은 뻔하다고.]

벨티아가 빈틈을 너무 드러내지 않아 중간에 초조해지긴 했지만.

사정을 이해한 세라티는 입을 쩍 벌렸다.

'그러니까…….'

지금 벨티아는 딸이 죽는 순간을 계속 느끼고 있다는 건가?

그 끔찍한 회한과 비탄의 순간들을 영원히 반복하고 있다고?

'세상에…….'

지옥조차 감미로울 지경이다.

혐오감마저 느껴져, 세라티는 떨리는 눈으로 카르나크를 노려보았다.

그는 웃고 있었다.

[죽은 딸의 영혼이 고통받는 것도 아니고, 단순히 벨티아 혼자만의 착각이고, 이걸 위해 억울한 제물을 희생시키지도 않았지.]

이 정도면 사령술치곤 진짜 인간미 넘치지 않느냐는 듯한 표정이었다.

[어때? 아무에게도 피해 주지 않고 적만 노렸지?]

그래서 세라티는 고민했다.

대체 뭐라고 욕을 해야 저 사악한 작자에게 어울릴까? 어울리는 욕이란 게 과연 현실에 존재하기나 할까?

그녀의 표정을 본 카르나크도 안색을 굳혔다.

[왜? 내가 뭐 잘못했어?]

[그걸 지금 말이라고 해요?]

[뭘 잘못했는데?]

이해가 안 간다는 듯 항변을 토한다.

[어차피 서로 죽이려고 싸우는 사이잖아! 그런데 칼로 사람 몸통 후벼 파는 건 괜찮고 사람 마음 후벼 파는 건 안 된다고? 그것도 좀 이상하지 않냐?]

[아니, 그건…….]

[사람들에게 물어봐. 몸 아픈 거랑 마음 아픈 것 중 어느게 더 낫냐고. 둘 중 하나 고르라 하면 대부분 후자 고를걸!]

뚱한 얼굴로 카르나크가 입을 삐죽였다.

칭찬받을 줄 알았는데 오히려 욕을 먹으니 꽤 억울했던 모양이다.

확실히, 이제 와서 도로 술법을 풀라고 할 순 없다. 벨티아가 풀려나면 정말 대책이 없으니까.

한숨을 쉬며 세라티가 화제를 돌렸다.

[그럼 이제 기다리기만 하면 되는 건가요?]

[그렇지. 원래는 곧바로 제압할 생각이었지만.]

어이없게도 벨티아는 정신이 나간 후에도 지나치게 강했다.

누가 무왕 아니랄까 봐, 폭주하는 오러가 너무 강력해 여전히 건드릴 수가 없는 것이다.

[내버려 두면 저대로 탈진해서 쓰러지거나 죽거나 하겠지.]

죽으면 잘 묻어 주는 거고, 쓰러지면 꽁꽁 묶은 다음 우리 편 되라고 설득할 작정이었다고 한다.

[설! 득! 말이죠?]

[무왕한테 마력 바늘 따위가 통하겠냐? 진짜로 설득해 보겠단 소리야.]

[왜 전 믿기지가 않을까요…….]

한숨을 쉰 뒤 세라티는 기절한 라피셀을 끌고 뒤로 물러섰다. 그리고 카르나크 말대로 벨티아의 기력이 다하기만을 기다렸다.

하지만 상황은 이들의 기대대로 흘러가지 않았다.

오러를 난사하던 벨티아가 갑자기 허공으로 솟구친 것이다.

"으아아아아아!"

절규를 토하며 칠흑의 장막에 충돌한다.

마치 어둠에 몸을 던져 자살을 하려는 듯한 움직임이었다.

물론 돌을 계란에 던지면 계란이 깨지지, 돌이 깨지진 않는 법.

쿠우웅!

어둠의 장막이 박살 나 산산조각으로 흩어졌다.

용의 섬 전체가 지진이라도 일어난 듯 요동을 쳤다.

"으, 으앗!"

"이런!"

간신히 균형을 잡으며 카르나크와 세라티가 허공을 올려다볼 때였다.

"아아아아아!"

기나긴 비명을 남기며 그녀가 섬 밖으로 뛰쳐나갔다.

말이 뛰쳐나가는 것이지 거의 비행이나 다름없었다.

한 줄기 황금빛 섬광이 바다를 가르며 수평선까지 길게 선을 그었다.

콰아아앙!

새하얀 파도의 길 사이로 벨티아의 모습이 하염없이 멀어져 간다.

바다 위를 무슨 육지처럼 자연스럽게 뛰어가고 있는 것이다.

그 어이없는 광경에 세라티가 멍하니 중얼거렸다.

"무왕쯤 되면 바다도 그냥 뛰어갈 수 있나 보네요?"

"능력이 되어도 보통 저런 짓까지는 안 하지만……."

저러다 기력 다 소진되면 망망대해에 풍덩 빠질 뿐이다.

아무리 무왕이라 해도 바다 한복판에 홀로 남아 살아남을
순 없겠지.

"……라지만, 그럼에도 어쩐지 벨티아가 죽을 것 같진 않
네."

"저도요."

그렇다 해도 당분간 그녀가 돌아올 가능성이 없다는 것만
은 확실하다.

"그러니까, 여기선 쟤들만 처리하면 끝이다 이거지."

카르나크는 깨진 장막 너머를 노려보았다.

술법이 깨진 검은 신의 사령술사들이 혼란에 빠져 웅성대
고 있었다.

"베, 벨티아 님?"

"대체 무슨 일이 일어난 거냐?"

완드를 겨누며 카르나크가 싸늘한 눈빛을 발했다.

"세라티에게 잔소리 들었거든."

기껏 착하게 좀 살아 보려고 깔끔하게 정신계 공격을 했더
니 오히려 인간 말종 취급을 받았다.

그러니 이번엔 다른 방향으로 인간답게 살아 봐야겠다.

"너희들은 몸만 후벼 파 줄게."

벨티아가 사라졌으니 더 이상 검은 신의 사령술사들이 할 수 있는 것은 없었다.

남은 운명은 그저 처분을 기다리는 것뿐.

[죽일까요, 아니면 심문을 위해 붙잡아 놓을까요?]

세라티의 질문에 카르나크는 담백하게 답했다.

[죽인 다음 붙잡자.]

이내 모든 사령술사들의 전신이 후벼 파졌다.

죽은 이들의 영혼이 허공으로 피어올랐다.

아악!

아아아악……!

영혼들은 어떻게든 이 자리를 벗어나려 했지만 소용없었다.

이내 카르나크에게로 흡수되며 하나둘 사라져 간다.

[애들은 졸개들이라 그런가? 테스라낙이 딱히 영혼에 수작을 부려 놓지 않았구만.]

그렇게 상황이 전부 마무리되었다.

주위를 둘러보며 디오그레스가 한숨을 내쉬었다.

"이곳의 드래곤 본은 더 이상 쓸 수 없겠군……."

단순히 결계가 부서졌을 뿐이라면 어떻게든 이 자리에서 재구축해서 다시 봉인 해제를 시도해 볼 생각이었다.

하지만 이 일대는 이미 벨티아의 오러와 어둠의 장막에 잔뜩 휘말렸다.

그 탓에 용의 뼈에 남아 있던 용마력도 죄다 흩어지고 오염되어 대부분 사라진 것이다.

더 이상 이곳의 드래곤 본은 쓸 수 없었다.

이제 믿을 건 카르나크의 발언뿐.

"분명 그대는 7왕국에도 용의 뼈가 있다고 했었지? 설마 뼛조각 조금 남아 있는 걸 과장해서 말한 거라면 곤란하오."

죽은 용의 뼈에 남은 희미한 용마력이었다.

그걸 봉인 해제에 필요한 만큼 모으려면, 용의 섬에 남아 있던 것처럼 상당히 대량의 드래곤 본이 필요하다.

카르나크가 자신 있게 대꾸했다.

"걱정 마세요. 디오그레스 공의 예상과는 조금 다르겠지만, 봉인을 풀기엔 충분할 겁니다."

워낙 자신만만해 보여 디오그레스는 안심했다.

"다행이구려."

반면 세라티는 또 불안해진다.

[……용의 뼈 없다면서요?]

[갖다 놓으면 된다니까.]

[그래도 지금 없는 것은 맞잖아요. 어떻게 그렇게 근거 없이 자신만만하실 수가 있어요?]

[지금 같은 상황에서 자신 없는 모습 보여 봐야 득 될 게

없으니까.]

아직 일어나지 못한 바로스며 데스테란, 레번 등을 가리키며 카르나크가 육성으로 바꿔 말했다.

"이만 자는 애들 깨워. 해적 섬으로 돌아가자고."

"자는 애들이라니……."

세라티가 눈을 흘겼다.

"최선을 다해 싸우다 쓰러진 사람들한테 너무하시네요, 진짜."

***

모두를 일으켜 상처를 치료한 뒤 카르나크 일행은 용의 섬을 떠났다. 그리고 해적들의 섬으로 돌아갔다.

백사장에 보트를 대고 해적 캠프로 향했더니, 의외의 광경이 모두를 기다리고 있었다.

"어서 오십셔!"

얼굴이 시뻘게진 선장이며 선원들이 한 손에 럼을 들고 해적들과 어깨동무를 한 채 일행을 맞이한 것이다.

황당해하며 라피셀이 중얼거렸다.

"모두들 어째 사이가 좋아 보이네요?"

선원들이 히죽거리며 고개를 끄덕였다.

"알고 보니 괜찮은 친구들이더라고요."

심지어 개중엔 해적들이랑 똑같은 문신을 새로 새긴 놈들
조차 있었다.

대체 무슨 일이 있었던 건지 모르겠다. 이것도 적응력이
뛰어난 걸로 봐야 하려나?

밀리아가 혀를 내둘렀다.

"……친해지셨다니 다행이라고 여겨야 하나요."

문제는 다들 거나하게 취했다는 건데…….

"원래는 바로 출발할 생각이었는데, 아무래도 힘들겠군."

카르나크의 걱정에 선장이 호언장담을 했다.

"상관없습니다. 이 정도 술로 뱃사람이 취하겠습니까?"

"아니, 댁들 취했는데……."

누가 봐도 취한 놈들이 슬금슬금 자리에서 일어났다. 그리
고 정박해 놓은 물수리의 포효호로 향했다.

놀랍게도, 다들 딱히 문제없이 출항 준비를 하기 시작했
다.

심지어 그 와중에 안색도 원래대로 돌아온다. 그새 술이
깬 것이다.

세라티와 레번이 감탄을 흘렸다.

"저것도 다른 의미로 달인이네요."

"저걸 베테랑의 힘이라고 해야 하려나?"

덕분에 출항에 별문제는 없어 보였다.

그렇게 해적 섬을 떠날 준비를 했다. 일단 태리스터 항구

로 돌아간 뒤, 다시 배를 구해 7왕국 연합까지 향할 생각이
었다.

문득 바로스가 물었다.

"데스테란 경은 제도로 돌아가시겠지요?"

서치 블랙의 수장이니 응당 그리할 줄 알았는데, 의외의
대답이 돌아왔다.

"그대들과 함께 7왕국으로 향할 생각이었다만?"

"어, 그래도 되는 겁니까?"

"안 될 건 또 뭔가?"

"서치 블랙은요?"

"나 없다고 안 돌아갈 조직도 아니고, 나 안 돌아간다고
뭐라 할 놈이 있는 것도 아니라네."

그러더니 세라티를 돌아보며 뜨거운 눈빛을 발한다.

"황혼의 교도로서, 성녀님을 보필할 기회를 어찌 놓칠 수
있겠는가?"

"아, 그런 이유였습니까?"

광신도가 광신을 하겠다는데 무슨 수로 말리겠는가?

바로스는 그냥 고개를 끄덕였다.

더구나 데스테란에겐 또 하나의 볼일이 있었다.

"난 아직 그에게 황혼의 진리를 설파하지 못했다네!"

디오그레스 콜론은 카르나크 일행과 함께 7왕국 연합으로
향하게 되었다. 그러니 자신도 그를 따라가며 '좋은 말씀'을

계속 전도해야겠다는 것이었다.

그러자 디오그레스가 말없이 세라티를 바라보았다.

"……."

분명 말은 없는데, 어쩐지 눈빛이 호소하는 바를 읽을 수 있었다.

개한테 쫓기는 고양이가 딱 저런 표정이거든.

'제발 좀 말려 주시오!'

'네, 옆에서 말려 드릴게요.'

역시나 눈빛으로 대답한 뒤 세라티는 깨달았다.

'아, 카르나크 님과 바로스 경이 눈빛만으로 대화한다는 게 이런 거였구나?'

그러는 동안 선장과 선원들이 착실하게 출항 준비를 끝냈다.

배가 준비되자 선장이 모두를 불렀다.

"다들 승선하십시오!"

＊

물수리의 포효호는 섬을 떠나 대해로 나갔다.

순풍이었다. 돛을 올리고 바람을 타니 목적지를 향해 문제없이 나아간다.

그렇게 밤이 되었다. 문득 카르나크가 세라티에게 물었다.

"라피셀은 잠들었지, 슬슬?"

"네, 밀리아랑 같이 선실에서 자고 있어요."

무심코 대꾸하며 그녀가 되물었다.

"왜요? 깨워요?"

"아니, 절대 깨우지 말라고."

확인을 마치더니 곧바로 선장과 선원들을 부른다.

"여러분, 잠시만 모여 주시겠습니까?"

태리스터 항구에 도착하기 전에 처리해야 할 일이 있었다.

"무슨 일이지?"

"특별수당이라도 주려는 것 아닐까?"

기대하는 눈을 반짝반짝 빛내며 모여든 선장과 선원들.

이들의 눈앞에 기이한 광경이 비쳤다. 모두를 불러 모은 카르나크가 갑자기 양손을 모으며 마법을 구사한 것이다.

수십 개의 마력 바늘이 그의 주위로 떠오른다.

'뭐지?'

딱히 위협적인 마법이 아니라서 다들 경계하진 않았다. 그저 왜 저러나 하고 이상하게 여길 뿐이었다.

카르나크의 목소리가 갑판 위로 나직이 울렸다.

"나아가."

수십 개의 바늘이 일제히 날아간다.

"찔러라."

그리고 의아해하는 모두의 뇌리에 일제히 틀어박힌다!

"……!"

다들 경악했지만 이미 늦었다. 어느새 마력 바늘은 선장과 선원들의 머릿속에 깊이 침투한 후였다.

세라티가 이마를 짚으며 물었다.

"……혹시 기억 지우신 거예요?"

"우리가 황혼교라는 사실이 알려지면 곤란하잖아."

그렇다고 정교하게 기억을 하나하나 일일이 조작할 순 없다. 손이 너무 많이 간다.

그래서 그냥 지난 1주일 정도의 기억을 통째로 날린 것이었다.

"아니, 그럼 대체 무슨 핑계를 대시려고요?"

"이러면 되지."

잠시 후 깨어난 선장과 선원들이 당황하며 주위를 둘러보았다.

"해, 해적들이!"

"어디 갔지?"

"분명 해적들의 습격을 받았었는데!"

보아하니 딱 저 시점으로 기억을 되돌려 버린 모양이었다.

"무슨 일이 있었던 겁니까?"

선장의 질문에 카르나크가 느긋하게 해명(?)을 하기 시작했다.

"당신들, 해적들에게 붙잡혀 사령술로 정신을 제압당했었습니다."

그래서 1주일 정도 이지를 잃은 좀비처럼 노예가 되어 있었다며 뻔뻔하게 질문을 잇는다.

"다들 몸은 괜찮습니까?"

듣고 보니 컨디션이 영 엉망이긴 했다. 전신이 뻐근하고 두통도 심하다.

선장과 선원들이 경악해 외쳤다.

"그렇군!"

"그래서 몸 상태가 이런……."

"나, 팔에 해적 문신도 있어!"

"자신들의 노예라는 표식을 새긴 모양이군! 이 악랄한 놈들!"

세라티의 두 눈이 가늘어졌다.

'그게 그런 이유는 아니었지만 말이죠.'

여전히 뻔뻔하게 카르나크가 모두를 향해 말했다.

"우리가 여러분을 구해 술법을 풀었습니다. 다행히 모두 정신을 차린 것 같군요. 다행입니다."

다들 기뻐하며 감사 인사를 올렸다.

"감사합니다!"

"덕분에 살았습니다!"

그렇게 선장과 선원들은, 생명의 은인을 위해 최선을 다하겠다고 다짐하며 각자의 위치로 돌아갔다.

세라티가 카르나크를 째려보았다.

"이래도 되는 거예요?"

"왜? 문제 있어?"

"……."

슬프다.

이제 이 정도론 문제로 느껴지지도 않는다. 그냥 자연스럽게 상황 해결한 것 같다.

"해적들 기억은 안 건드려도 되나요?"

"걔들은 황혼교잖아."

어차피 사교도인 놈들이었다. 자신들의 교주가 카르나크라고 울부짖어 봐야 아니라고 잡아떼면 그만이다.

인류의 영웅인 파사의 마법사와 사악한 해적 나부랭이, 사람들은 둘 중 어느 쪽을 믿을까?

하지만 이 배의 선장과 선원들은 다르다. 다들 성실하게 법을 지키며 살아온 선량한 이들이다.

"그러니 올바르게 산 대가를 치러야지."

그저 나오느니 한숨뿐인 세라티였다.

"말이라도 좀 곱게 해요, 제발."

✳

'분명히 이건 마법이군.'

옆에서 상황을 지켜보던 디오그레스는 문득 쓴웃음을 지었다.

'결과는 분명히 사령술이지만.'

슬그머니 카르나크에게 다가가 묻는다.

"자네, 사령술사이기도 하지?"

사법의 대속자까지는 마법이었지만, 벨티아에게 걸었던 흉몽의 술법은 빼도 박도 못하고 사령술이었다.

카르나크도 사령력 위에 혼돈마력을 덧씌워 위장을 하긴 했는데, 그래도 대마법사의 안목까진 속일 수 없었던 것이다.

뭐, 카르나크도 디오그레스를 속일 수 있을 거란 기대는 애초에 하지 않았다.

태연하게 그가 되물었다.

"황혼의 교주가 사령술도 쓰는 게 그리 이상한 일입니까?"

"사령술도……인가."

말속에 담긴 뜻을 눈치챈 디오그레스가 고개를 끄덕였다.

"그래, 자넨 틀림없이 마법사이기도 하지. 그래서 자네를 어떻게 대해야 할지 참 난감하군."

그 또한 한때는 사령술을 극도로 경멸했다. 정상적인 사고 방식을 지닌 이라면 누구나 그러하듯이.

하지만 지금은 그 경멸의 감정이 꽤나 퇴색된 후였다.

애초에 데스테란의 도움이 있었기에 간신히 도주할 수 있

었다. 이후에도 사령술 쓰는 해적들 배 얻어 타서 움직였고,
심지어 사령술 쓰는 황혼교주와 성녀(?) 등등 덕분에 살아남
게 되었다.

사람인데, 아무리 그래도 이렇게까지 신세를 지면 감정이
움직이지 않을 수 없는 것이다.

하지만 사령술의 본질을 떠올리면 결코 저들을 긍정해선
안 될 것 같고…….

카르나크가 속 시원하게 결론을 내려 주었다.

"다른 이들이 황혼교를 대하듯 대하면 되지 않겠습니까?"

어차피 여신교나 기존의 왕가들도 황혼교를 인정하는
건 아니다. 그냥 검은 신의 교단을 처리할 때까지 묵인할
뿐이지.

"딱 그 정도면 족합니다."

"그런가…….."

답변이 워낙 담백하다 보니 더더욱 호감이 든다.

대마법사로서, 여명탑주로서 결코 느껴선 안 될 호감인데.

"생각해 보면 얼마 전까지만 해도 상상도 못 한 일이었
군."

머릿속이 복잡해 디오그레스는 깊이 한숨을 내쉬었다.

"내 인생에 사교도와 얽히는 일이 생길 줄이야."

데스테란이 부드럽게 그를 위로했다.

"그래도 다행히 황혼이라는 진리를 만나지 않았소?"

"응?"

"으응?"

순간 둘 다 뭔 소린지 몰라 고개를 갸웃거린다.

제3자인 세라티만 상황을 이해했다.

그러니까 데스테란은 디오그레스가 '사교도인 검은 신의 교단'과 얽힌 것에 대해 한탄하는 줄 알았던 것이다.

'우와, 진짜 이 인간은 황혼교가 사교라는 인식이 전혀 없구나?'

역시 광신도는 무섭다.

그리고 그 광신도가 가끔 주인 바라보는 강아지 같은 눈빛으로 자신을 바라보는데, 그것도 정말 무섭다.

'내가 어쩌다 이런 처지가 됐지?'

세라티야 한탄을 하건 말건, 물수리의 포효호는 열심히 파도를 헤치며 태리스터 항구를 향해 달리고 있었다.

반격의 서막

카르나크 일행은 태리스터 항구에 도착하자마자 7왕국 연합으로 향하는 배부터 구했다.

제국으로 들어올 때야 목적지가 북부 여명의 탑이었으니 육로를 이용했지만, 지금은 그럴 필요가 없는 것이다.

그렇게 보름 뒤, 카르나크 일행은 아트링겐 왕국 남부 항구도시 데나브에 입항했다.

부둣가에 서서 디오그레스가 주위를 둘러보았다.

"7왕국 연합이라. 말은 많이 들었지만 와 보는 건 처음이군."

의아해하며 밀리아가 물었다.

"처음이세요? 대마법사신데?"

10서클쯤 되면 얼마든지 대륙 곳곳을 마법으로 종횡무진하는 줄 알았던 것이다.

디오그레스가 쓴웃음을 지었다.

"못 할 건 없긴 하지."

확실히 그에겐 그럴 능력이 있었다. 그럴 시간과 지위, 권력도.

그저 그럴 이유가 없었을 뿐.

"평생 마법에 빠져 탑에만 처박혀 살았으니 말일세."

데스테란과 함께 제국을 가로지르는 도주행조차도 그에겐 몇십 년 만의 여행이었다.

턱을 매만지며 디오그레스가 한탄을 흘렸다.

"너무 세상을 등한시하긴 했군. 반성해야겠어."

그동안 카르나크는 다음 여정을 위한 준비에 임하고 있었다.

우선 이곳, 데나브에 지부를 둔 알타스 상단을 통해 자금부터 충당한다.

이후 근처 귀족가에 사전 연락을 보내 도중의 숙박을 부탁하고, 또 황혼교 지부를 통해 자질구레한 여행 준비를 대행시킨다.

이 모든 일이 일사천리로 진행되었다.

그냥 편지 몇 장 전한 것만으로 다음 목적지까지의 모든 여행 준비가 깔끔히 끝난 것이다.

옆에서 지켜보던 디오그레스가 물었다.

"진행이 굉장히 빠르군? 애초에 이곳으로 귀환할 거라 예상하진 못했을 텐데."

카르나크 일행은 데스테란과 디오그레스의 도주로를 따라 제국 남단까지 내려왔다.

그러니 7왕국을 출발하는 시점에서는 남부 항로를 이용하게 될 것이라 예상했을 리가 없다.

"아니면 이조차도 예상하셨는가?"

"설마요."

카르나크가 고개를 저었다.

"그냥 미리부터 준비를 해 놓은 것뿐입니다."

그간 카르나크는 많은 세력에 영향력을 끼쳐 왔다.

알타스 상회, 각국의 킹스 오더와 귀족 가문들, 황혼교며 7여신교까지.

이 모든 인맥을 동원해 7왕국 전역에 등 비빌 곳을 만들어 놓은 것이다.

그 결과, 대륙 서쪽 지역이라면 어디든 편안하고 안락하게 돌아다닐 수 있으며 또한 그곳의 맛집 정보를 쉽게 손에 넣을 수 있게 되었다!

심지어 당장 이곳, 항구도시 데나브도 예외는 아니다.

"이 동네는 내장탕 요리가 일품이래. 이따가 사 먹어 보자."

"항구도시인데 육류 요리가 특산물이에요? 신기하네."

"장기 항해 시엔 보존용 고기가 대량으로 필요하잖아. 그 거 만들고 남은 재료를 바탕으로 요리하던 게 발전해서 그렇 다던데."

"뭐, 이유야 어찌 되었건 맛만 있으면 그만입죠."

시시덕거리는 카르나크와 바로스의 뒷모습을 보며 디오그 레스는 내심 혀를 찼다.

얼핏 그냥 밥 타령하는 놈들로만 보이지만, 알고 보면 꽤 나 무서운 이야기였다.

저 말은 곧 7왕국 전역에 자신의 세력이 존재한다는 의미 가 아닌가?

특히 카르나크의 숨겨진 신분을 떠올리면 결코 우습게 볼 내용이 아니다.

실제로 데스테란은 이렇게 중얼거리고 있었다.

"역시 황혼의 교주다운 수완이구려. 내가 서치 블랙 세력 넓힐 때 딱 저렇게 했었는데."

그저 세라티만 묘한 표정을 지을 뿐.

'아마 두 분이 상상하는 그런 이유는 아닐 거예요.'

카르나크는 진심으로 여행 편히 다니고 맛집 찾아다니는 용도로만 저랬을 것이다.

왜냐고?

그는 현지 협력자가 필요 없거든.

－현지 협력자가 왜 필요해? 현지의 적을 죽이면 그게 바로 협력자인데.

　하여튼, 그렇게 일행은 데나브 항구를 출발해 다음 목적지로 향했다.

　다만, 레번 스트라우스는 이들과 함께하지 않았다.

　"7왕국으로 돌아왔으니 가문에 얼굴은 비쳐야죠."

　명색이 가주이니 스트라우스 가문으로 돌아가 그간의 일들을 확인해야 하는 것이다.

　그래서 디오그레스와 데스테란은 크게 놀랐다.

　"자네가 스트라우스 가문의 새 가주라고?"

　"설마 갤러드 경이 죽었다는 소식이 진짜였단 말인가!"

　며칠을 같이 보내고 이제야 그걸 알았나 싶어 다들 어이없어했는데, 생각해 보니 그럴 법했다.

　카르나크와 바로스가 혀를 찼다.

　"그러고 보니 말한 적 없었네?"

　"그러게요. 너무 당연한 거라서 오히려 까먹네, 이거."

　짐을 꾸리며 레번이 투덜거렸다.

　"막상 가주 되니 피곤하네요, 이거."

　그렇게 가문의 인정을 받고 싶어 마음고생을 했었는데 정작 이렇게 되니 은근히 귀찮다.

　카르나크가 옆에서 한마디 던졌다.

"어쩌겠냐? 어쨌건 가주가 되었으면 책임을 져야지."

레번이 눈을 흘겼다.

"카르나크 님도 제스트라드 남작가의 영주시잖습니까? 뭘 남의 이야기처럼 말하고 그러세요?"

"난 너랑 다르지."

"뭐가요?"

"난 제스트라드 영지가 망해도 아쉬울 게 없거든. 구리 광산만 무사하면 되니까."

수많은 영민들의 삶을 초개처럼 내던지는 그 말에 세라티가 카르나크의 어깨를 톡톡 쳤다.

"저기, 카르나크 님."

"응? 왜?"

"그런 식의 표현은 기각."

"내가 뭐 또 잘못 말했냐?"

"그럴 땐 이렇게 말씀하셔야죠. 난 유능한 집사장과 가신들이 있어서 문제가 없다고."

"타펠 영감님이 그렇게까지 유능하진 않은데."

"그래도 그렇게 말씀하세요. 그래야 사람들이 좋게 봐요."

"그렇구만."

순순히 납득하며 카르나크는 머릿속의 『사람답게 살려 할 때 피해야 할 발언 목록』에 또 한 줄을 추가했다.

그 모습을 지켜보며 세라티는 고개를 끄덕였다.

'역시 이래야겠네.'

벨티아 사건을 겪고 나서 새삼 깨달은 부분이 있었다.

저 인간을 개과천선시키기엔 갈 길이 너무 멀다! 그러니 이해시키는 건 나중이고 일단 주입식 교육부터!

"최소한 말이라도 좀 곱게 하자고요. 그래야 양심적으로 사는 척이라도 하지."

"양심적으로 사는 척이라……."

카르나크가 되물었다.

"그럼 예전에 우리가 식대 떼먹고 온 식당은 그냥 놔둬도 되는 거야? 나중에 뭐 어떻게 한다며?"

"앗!"

까먹고 있었다.

원래는 돌아오는 길에 처리할 생각이었는데 곧바로 배 타고 남부 항로로 오는 바람에 그만…….

"그렇군. 그 정도 사소한 양심은 어겨도 된다 이거지?"

"그게 아니라, 이건 불가항력이잖아요."

"그렇군. 불가항력이면 어겨도 된다 이거지?"

"아니라고요……."

세라티는 울상을 지었다.

매번 이런 식으로 괴상하게 비틀어 버리는데 진짜 한 대 때리고 싶다.

'그런데 때릴 힘이 없네. 서럽다.'

지켜보던 레번이 실소하며 말했다.

"그럼 두 분은 계속 떠드시고, 하여튼 전 본가 좀 다녀오겠습니다."

닷새 뒤, 스트라우스 가문의 본가 저택.

저택 한편의 거대한 연무장에 스트라우스의 주요 가신들이 모여 있었다. 오랜만에 귀환한 젊은 가주를 보기 위해서였다.

가신들을 힐끔거리며 레번은 심호흡을 했다.

'이거, 좋은 모습을 보여 줘야 할 텐데.'

레번이 카르나크 일행을 따라다니는 걸 가신들이 묵인한 이유는, 그것이 델피아드의 검을 갈고닦는 데 큰 도움이 될 것이라 장담했기 때문이다.

이제 그동안 싸돌아다닌 게 헛짓이 아님을 증명해야 하는 것이다.

레번과 마주한 사내가 검을 뽑아 들며 물었다.

"준비되셨습니까, 가주님?"

갤러드가 죽은 지금, 스트라우스 가문의 최강자이자 에트리얼 왕국 최강 기사이기도 한 실버 나이트 카이론이었다.

레번 역시 검을 뽑으며 침착하게 대꾸했다.

사랑용
카르나크

"준비는 항상 되어 있소. 현장에선 준비되지 않았다고 칼 안 맞는 것 아니지."

카이론은 흡족해했다.

"옳은 말씀이십니다."

실전에 익숙한 자만이 할 수 있는 답변이었다.

"하지만 아직 노련하진 못하시군요."

"어째서 그러하오?"

"정말 노련한 이라면 항상 준비가 되어 있다는 식의 오만한 대답은 하지 않았겠지요."

"그렇군."

레번은 순순히 자신의 실수를 인정했다. 그리고 천천히 오러를 끌어 올렸다.

"그렇다면 진정 노련한 이는 어찌 답할지 매우 궁금하구려."

자색의 투기로 전신을 뒤덮어 가며 진지하게 묻는다.

"준비되셨소, 카이론 경?"

카이론이 농기를 담아 대꾸했다.

"준비는 항상 되어 있지요. 현장에선 준비되지 않았다고 칼 안 맞는 건 아니니 말입니다."

"……내 대답과 똑같지 않소?"

"전 실버 나이트잖습니까? 가주님은 아직 퍼플 나이트시고요."

레번이 고소를 머금었다.

"과연, 이해했소."

강자가 약자에게 저런 말을 할 순 있다. 하지만 약자가 강자에게 저런 말을 할 순 없는 것이다.

"주제 파악해라, 이거지?"

"나이를 먹으니 아무래도 잔소리가 늘어서 말입니다."

"40대 중반 아니셨소?"

"그렇습니다. 한 것 없이 나이만 먹었지요."

잠깐 두 사람은 의아해했다. 서로 뭔가 말하는 게 다른 느낌이었다.

뒤늦게 레번은 자신이 뭘 착각했는지 알았다.

'가만, 40대 중반이면 나이 먹은 거 맞나?'

그동안 영혼만 100살 넘긴 애늙은이들이라거나 150살 먹은 움직이는 해골이라거나 하는 것들을 봐 왔더니 감각이 좀 비틀린 것 같다.

어쨌든 말을 섞는 것은 여기까지.

카이론이 은빛 투기검을 펼쳤다.

"그간의 성과를 보여 주시겠습니까, 가주님?"

"최선을 다하리다."

자색의 투기검을 펼치며 레번이 몸을 날렸다.

"타아아앗!"

카이론의 검이 춤을 춘다. 은빛 투기가 몰아치며 눈부신 전격을 발한다.

번뜩이는 천상의 용이 연무장을 맴돌며 파괴의 영역을 펼치기 시작했다.

- 델피아드 검투술, 뇌왕의 포효!

레번도 곧바로 맞섰다.

자색의 투기를 교묘히 다루며 여덟 번의 찌르기를 한 호흡에 행한다.

투기검이 찔러 가는 모든 궤적이 뇌격의 용, 그 허리를 교묘히 건드리며 상대의 공세를 파해해 간다.

- 델피아드 검투술, 풍왕의 연격!

분명히 투기의 격차가 심각함에도 오히려 카이론의 공세가 조금씩 깎여 나갔다.

스스로의 부족함을 인정하고 기술로 격차를 줄인 것이다.

몇 번 더 검을 교차한 뒤 카이론이 감탄을 터트렸다.

"놀랍군요."

카이론의 기술이 레번보다 밑이라는 의미는 아니다.

명색이 실버 나이트인데?

숙련도도 경험도 그가 위에 있다.

다만, 그 격차가 그리 크지 않았다.

레번이 펼치는 모든 검술이 저 나이에선 보기 힘든 숙련도를 지니고 있었다.

'오러의 경지가 비슷했다면 오히려 내가 당했을지도 모르겠군.'

경각심이 든 카이론이 더욱 집중해 검술을 펼쳤다.

레번 역시 긴장하며 맞섰다.

서로 베고, 찌르고, 피하고, 스치며 무수한 빛의 선을 그려 낸다.

찬란한 검광의 꽃이 공간 곳곳에 흐드러지게 피어난다.

서로가 델피아드 검투술의 오의에 도달해 있었다. 화려한 투기검의 광채가 연무장을 가득 메웠다.

'역시 서로 뻔히 아는 기술이라 승패가 잘 갈리지 않는군.'

이렇게 카이론이 생각할 때였다.

문득 레번이 기이한 동작을 취했다.

'음?'

순간적으로 검을 사선으로 베어 올리며 양손을 바꿔 쥔 것이다.

동시에 날카로운 오러가 카이론의 턱밑으로 날아든다.

물론 카이론은 쉽게 피했다.

제법 예리한 공세였지만 실버 나이트인 그라면 어렵지 않게 파악할 수 있었다.

바로 그때, 양손에서 한 손으로 그립을 바꾸며 어깨를 틀어 거리를 늘린다. 동시에 회전력에 투기가 실려 길게 뻗어온다!

−델피아드 검투술, 오버 킬!

2개의 초승달이 빛을 발했다. 섬뜩함을 느낀 카이론이 전력으로 받아쳤다.

"타앗!"

두 줄기 오러가 동시에 박살 났다.

완전히 허를 찔렸음에도 용케 받아친 것이다.

'허, 이건 정말 대단······.'

채 감탄을 내뱉을 틈도 없었다.

레번의 동작이 곧바로 이어지고 있었으니까.

허공에서 투기검이 반전한다. 한 걸음 내디뎌 거리를 좁히고, 한 번 더 검을 고쳐 쥐어 무게중심을 바꾸며 위력을 높인다.

파르르르!

오러의 칼날이 잔상을 남기며 아지랑이처럼 일렁였다. 그리고 곧바로 카이론의 가슴을 향해 내리꽂혔다.

—델피아드 검투술, 다운 힐!

카이론의 동공이 커졌다.
'이건 못 피해!'
기술적으로 완전히 졌다.
다급해진 카이론이 본능적으로 기합을 터트렸다.
"타아아앗!"
전신에서 은빛 기둥이 솟구쳤다.
실로 방대한 광량이 연무장 천장까지 날려 버리며 주위에 파괴의 영역을 펼친다. 사방으로 파편이 흩날린다.
콰콰콰콰콰쾅!
도저히 피할 방법이 없으니, 무식하게 전신의 오러를 폭증시켜 힘으로 압살해 버린 것이다.
간신히 참격을 튕겨 낸 카이론이 거친 숨을 몰아쉬었다.
"헉, 허억, 헉……."
폭연 너머로 목소리가 들렸다.
"이보게."
연기를 헤치며 레번이 인상을 쓰고 있었다.
"그냥 대련이었는데 연무장을 박살 내면 어쩌라고? 이거 수리비 자네가 낼 건가?"

방금의 오러 폭발에 전혀 영향을 받은 표정이 아니었다. 미리 읽고 피했음이 분명했다.

카이론의 눈동자에 경악의 빛이 떠올랐다.

'이 무슨 괴물 같은……'

분명히 자신보다 낮은 경지인데, 그럼에도 벽이 느껴진다.

'이게 스트라우스의 핏줄이 지닌 진정한 힘이란 말인가?'

레번이 시큰둥하게 말을 이었다.

"계속 대련해야 하나?"

검을 고쳐 쥐며 카이론이 눈을 예리하게 빛냈다.

"가주님의 실력을 좀 더 확인하고 싶군요."

"저 양반들은 그냥 내버려 두고?"

"……?"

의아해하며 카이론은 고개를 돌려 레번이 가리킨 곳을 바라보았다. 그리고 기겁했다.

"으헉!"

이곳엔 레번과 카이론, 둘만 있는 게 아니다. 엄연히 레번의 성장을 확인하기 위해 모인 스트라우스의 주요 가문들도 있었다.

그런데 폭발이 일어났잖아?

"아이고……"

"아고고고……"

사방에서 신음 소리로 아우성이었다.

허겁지겁 카이론이 몸을 날렸다.

"미, 미안하오! 어서 구해 드리겠소!"

역시나 몸을 날리며 시큰둥하게 묻는 레번이었다.

"그러니까, 대련 끝난 거 맞지?"

레번과 카이론은 서둘러 폭발에 휘말린 가신들을 구조했다.

에트리얼 왕국 최강의 무가이자 7왕국에서도 손꼽히는 기사 가문, 스트라우스 공작가.

그 가신들은 과연 뭐가 달라도 달랐다.

폭발에 휘말리고 파편에 깔렸으면서도 다들 용케 몸을 일으킨다.

"다들 무사하시오?"

"낙법 쳤소."

"바위에 깔리는데 낙법이 무슨 소용이오?"

"그러게. 나 어떻게 살았지?"

"젊을 때 죽어라 고생한 보람이 지금 나온 모양이구먼."

은근슬쩍 멀쩡한 가신들을 보며 내심 안도의 한숨을 내쉬는 카이론이었다.

'그렇지, 저분들도 무술에 아주 문외한은 아니시지.'

무왕의 가문답게 스트라우스 공작가에서는 문관들에게도 어느 정도의 수련은 시킨다. 이들 역시 젊은 시절 갤러드 밑에서 최소한의 기초 수행 정도는 받은 적이 있다.

문제는 저 '최소한'이 무왕 기준이었다는 점.

내내 갤러드를 저주하며 피를 토하고 나서야 간신히 스트라우스의 '문관'이 될 자격을 얻은 이들이었다.

참고로, 자신을 저주하는 저 가신 후보생들을 보며 갤러드는 매우 흡족해했다고 전해진다.

그 정도는 되어야 스트라우스 가문을 보좌할 자격이 있다나?

어쨌거나 사고 치고 아차 했던 카이론으로서는 천만다행이다.

허겁지겁 상황을 수습하는 그를 향해 레번이 감탄하며 말했다.

"역시 은검기의 경지는 멀고도 멀구려. 마지막에 한 방 정도는 먹일 수 있을 줄 알았는데……."

카이론이 고개를 저었다.

"아니, 이건 제가 패한 겁니다. 도저히 피할 방법이 없어 그냥 힘으로 밀어붙인 것이니까요."

마지막에 레번이 펼쳤던 이단 올려치기와 이어지는 내려치기.

둘 다 난생처음 보는 기술이다.

그럼에도 델피아드 검투술의 이치에서 조금도 어긋나지 않는다.

전통을 지키면서도 한 걸음 더 나아간 검술이었다.

"가주님께서 창안하신 겁니까?"

레번이 멋쩍어하며 대꾸했다.

"부끄럽지만 그렇게 됐구려."

정말 부끄러웠다.

왜냐면 오버 킬은 지금의 그가 만든 게 아니거든.

'하지만 미래의 내가 만든 것이니 아주 거짓말도 아니긴 하지?'

카이론이 진지하게 말을 이었다.

"이쯤 되면 인정할 수밖에 없군요."

가문의 검술을 완벽히 이해했고, 심지어 새로운 걸 창안하는 경지에까지 이르렀다.

본가에 머물며 수행했다면 결코 이 정도 수준까진 오르지 못했으리라.

"그분들과 함께하는 것이 가주님께 가장 큰 도움이 된다는 걸 말입니다."

"그렇다면……."

레번이 빙그레 웃었다.

"나 도로 외유해도 된단 소리로 이해해도 되겠소?"

카이론 역시 웃으며 답했다.

"다른 가신들도 감히 반대하진 못할 겁니다."

확실히 가신들 중 반대하는 이는 아무도 없었다.

하지만 레번이 기대했던 대로 상황이 흘러가지도 않았다.

"훌륭하십니다!"

"스트라우스에 곧 새로운 무왕이 도래하겠군요!"

"마음껏 세상을 떠돌며 검을 갈고닦으십시오!"

이렇듯 한껏 레번을 띄워 주더니, 곧바로 산더미 같은 종이 뭉치를 내민 것이다.

"이 서류들만 다 처리하시고."

"이게 무엇이오?"

"스트라우스의 가주가 처리해야 할 가장 기본적인 업무들입니다."

그렇다.

돌아다녀도 괜찮다는 것이지, 일 안 해도 된다는 소린 아니었다.

"가주시잖습니까! 가주!"

"세상에 자기 업무 전부 방임해 놓고 돌아다니는 가주 따윈 없습니다!"

가신들의 거친 항변에 레번은 속으로 구시렁댔다.

'있는데. 저기 북쪽 제스트라드 남작가에는.'

물론 카르나크와 동급이 될 바엔 그냥 열심히 가주 노릇을 하는 쪽이 낫다.

한동안 레번은 본가에 붙잡혀 죽어라 가주의 일을 배우고, 또 밀린 일 처리를 해 댔다.

그 와중에도 종종 카이론이며 다른 스트라우스의 기사들과 대련을 하며 수련도 게을리하지 않았다.

레번과 상대한 기사들마다 혀를 내둘렀다.

"진짜 강해지셨군."

"이제 자색급 중에선 감히 적수가 없겠는데."

"심지어 카이론 경에게도 크게 밀리진 않으시더군."

"어찌 저럴 수 있지? 아무리 스트라우스의 혈통이라지만."

자신의 평가를 접한 레번은 속으로 웃었다.

'그동안 워낙 겪은 일들이 많아서 말이지.'

명성이 자자한 시프라스의 무왕과도 싸워 봤다. 일행 중에도 실버 나이트가 둘이나 있다.

1명은 종국에 세상을 멸망시킨 최강 최악의 검사였고, 다른 1명은 오래전부터 대륙 전역에 명성을 떨친 서치 블랙의 수장.

저들과 비교하면 아무래도 카이론 정도는 상대적으로 감당할 만한 것이다.

물론 그렇다고 그를 이길 수 있다는 소리까진 아니지만.

"헉, 헉헉……."

카이론과의 대련을 마친 뒤 레번이 가쁜 숨을 내쉬고 있을 때였다.

"확실히 가주님께서 저들과 함께하는 건 이해가 갑니다만……."

중년 기사가 서운한 표정으로 말을 잇는다.

"저희를 멀리하실 필요까진 없지 않습니까?"

실제로 가신들 중에서도 가문의 기사 한둘 정도는 레번을 보좌해야 한다는 의견이 나오고 있었다.

역시 스트라우스의 가주가 홀로 돌아다니는 것은 불안감이 큰 것이다.

"서운해하는 건 이해하오."

짐짓 진지한 목소리로 레번이 말을 이었다.

"하지만 그대들은 내게 있어 가신이기 이전에 숙부 같은 존재가 아니오?"

어릴 적엔 실제로 삼촌이라 부르며 에밀과 함께 졸졸 따라다닌 적도 있다.

"그런 그대들이 곁에 있다면 무심코 응석을 부릴지도 모르지. 가문의 이름을 이어받기 위해, 그런 위험을 감수하고 싶진 않소."

참으로 진중한 태도였다. 카이론의 얼굴에 미소가 떠올랐다.

"훌륭한 마음가짐이십니다. 가주님께선 분명 무왕의 경지에 오르실 겁니다."

물론 진짜 이유는 따로 있지만.

'카르나크 님이 있는데 어떻게 가문의 기사들이랑 같이 다녀?'

모든 문제를 레번은 감히 상상도 못 해 본 방식으로 풀어가는 인간이었다.

무서워서 도저히 아는 사람들 앞에는 못 내놓겠다.

'그러고 보니 얼굴 못 본 지도 꽤 됐군.'

문득 헤어진 일행이 떠올라 레번은 그리운 표정을 지었다.

'다들 잘 지내고 있으려나?'

❈

유스틸 왕국 북부, 제스트라드 영지.

남작가는 오랜만에 돌아온 카르나크를 맞이해 한창 바쁘게 움직이고 있었다.

참으로 자랑스러운 영주님이었다.

7왕국 곳곳에서 사교도들을 무찔러 명성을 높이는 걸로 모자라, 이제 제국에까지 그 이름을 떨친 카르나크였다. 덕분에 삼류 귀족가였던 제스트라드 가문 역시 이름값이 크게 높아졌다.

그런 그가 오랜만에 귀환했으니 어찌 잔치를 열지 않을 수 있을까!

"소를 잡아라!"

"돼지도 잡아라!"

"아니, 이렇게 가축을 다 먹어 치워도 되는 겁니까?"

"괜찮아. 영주님이 또 사다 주실 거야."

……그냥 고기 먹는 날이라서 기뻐하는 것 같긴 하지만, 어쨌건 영민들은 좋아하고 있었다.

노집사 타펠도 딱히 개의치 않았다.

어차피 가축 보충할 곳은 있었다.

"혹시 모자라게 되면 또 데벤토르에서 사 오면 됩니다, 영주님."

"판대?"

"돈이 필요할 테니까요."

"왜?"

"또 심문관에게 걸려서 한바탕했거든요."

듣자 하니, 데벤토르 자작령 외곽의 숲에서 어둠의 술법을 펼친 흔적이 '또' 발견되었다고 한다.

오두막 전체에 사악한 기운이 은밀히 숨겨져 있었는데 틀림없이 사령술이라는 것이다.

"이번에도 데벤토르는 모르는 일이라며 항변했지만 아무래도 전적이 있다 보니 쉽게 믿기 힘들지요."

옆에서 말없이 듣고 있던 세라티가 내심 혀를 찼다.

'아, 거기구나.'

짐작 가는 바가 있었다.

카르나크가 황혼교 4대 장로, 아크 리치들과의 접선용으로 만들어 놓은 오두막 이야기다.

[이번엔 최대한 들키지 않게 노력했다고 하지 않으셨어요, 카르나크 님?]

[그러게. 역시 알리우스는 유능하구만.]

[끝까지 애먼 사람만 잡고 있는데 정말 유능한 거 맞아요?]

덕분에(?) 데벤토르 자작가는 또 한차례 후폭풍에 휘말려 크게 시달린 후였다.

여신교에 거액의 기부를 하는 등 이리저리 돈 쓸 일이 적지 않다 보니 재정이 영 말이 아니란 것이다.

"그래서, 안 그래도 저희한테 융통을 요청해 왔습니다. 어찌할까요?"

카르나크는 대수롭잖게 대꾸했다.

"꿔 줘. 그거 몇 푼 한다고."

"과거의 원한을 잊고 데벤토르를 용서하시는 겁니까?"

"원한?"

잠깐 의아해하던 카르나크가 뒤늦게 고개를 끄덕인다.

"맞다, 우리랑 그쪽, 원래는 원한 관계였지?"

"그, 그렇지요……."

"됐어. 사소한 원한을 언제까지 지니고 살 건가? 이웃끼리 사이좋게 지내야지."

타펠은 신기해하며 눈앞의 젊은 영주님을 바라보았다.

과거의 원한을 잊는다는 관용구는 흔히 회자되지만, 정말로 잊는 경우는 극히 드물다.

'참으로 그릇이 크신 분이 되었구나.'

어린 시절의 카르나크를 떠올리면 신기하기까지 했다.

'어떻게 이렇게까지 사람이 변할 수 있을까?'

뭐, 의미는 좀 다르지만 변한 건 사실이었다.

[나 때문에 생긴 일인데, 돈 정도는 꿔 주어야겠지?]

[웬일로 사람다운 소릴 다 하시네요?]

남들이 들으면 고작 저 정도로 사람다움 타령하는 게 어이없겠지만 세라티는 진심이었다.

'적어도 자기 때문이라는 자각은 생겼잖아?'

참으로 놀라운 진보가 아닐 수 없는 것이다!

그러니까, 저 인간 기준에선 말이지.

거하게 잔치를 벌인 뒤 카르나크는 밀린 여러 업무부터 처리했다.

제스트라드 영지의 업무야 별것 아니지만 그 외에도 신경 쓸 일이 꽤 많았다.

말로카며 뎀피스 등에게 황혼교 관련 보고도 받아야 하고, 알타스 상단의 일도 처리해야 한다.

아무리 서류 업무에 익숙한 카르나크라도 꽤나 바쁜 나날을 보내고 있었다.

덕분에 디오그레스는 계속 초조해하는 중이었다.

결국 기다리다 못한 그가 몰래 카르나크를 찾았다.

"이보시게, 카르나크 공."

그가 이 머나먼 7왕국 북부까지 온 이유는 하나뿐이다.

"이곳에 용의 뼈가 있다고 하지 않았소?"

"아, 그거요?"

카르나크가 대수롭잖게 대꾸했다.

"지금 당장은 없지만 곧 생길 겁니다."

"혹시 다른 곳에서 조달할 생각이오?"

디오그레스가 인상을 썼다.

"차라리 드래곤 본이 위치한 장소를 내게 알려 주시오. 내가 직접 가겠소."

"아니, 곧 온다니까요."

"곧 온다니……."

지금의 그에게 필요한 용마력을 드래곤 본으로 충당하려면 족히 수십 미터 크기의 용골이 있어야 한다.

"그걸 무슨 수로 옮긴단 말이오?"

❈

세라티는 쓴웃음을 지었다.

'곧 온다라……'

아무래도 카르나크 옆에 너무 오래 있었나 보다.

그가 뭔 짓을 하려는 건지 익히 짐작이 갔다.

'하긴, 저 인간 사령술사지.'

그것도 무려, 평범한 사령술사도 아니라 한때 세상을 멸망시켰던 궁극, 최악의 사령왕이었다.

그런데 조달해야 하는 물건이 용의 뼈.

사령술사야말로 뼈 조종하는 데 일가견이 있는 직종 아닌가?

사흘이 더 지났다.

카르나크가 문득 디오그레스를 찾았다.

"준비되었습니다. 가시죠."

데스테란과 세라티에 바로스까지 부른 뒤 데벤토르 영지 외곽의 숲 깊은 곳으로 향한다.

그렇다. 또 데벤토르였다.

미안한 건 미안한 거고, 걸리면 이번에도 뒤집어씌울 속셈인 것이다.

하여튼 그곳에서 디오그레스는 그토록 원하던 물건을 눈앞에 맞이했다.

다만 상상했던 광경과는 좀 달랐다.

창백한 초승달이 희미한 빛을 뿌리는 깊은 밤.

보기만 해도 모골이 송연해질 듯한 사기를 흩뿌리는 4구의 아크 리치들이 로브 자락을 휘날리며 밤하늘 위에 떠 있다.

그들의 손에 쥐인 것은 굵기가 어른 팔뚝만 한 크기의 어마어마한 쇠사슬들.

그 네 줄기 쇠사슬 끝에 그것이 묶여 있었다.

반짝이는 백색 비늘, 은빛의 눈동자, 우뚝 솟은 5개의 뿔과 광활한 피막의 날개.

거의 20미터에 달하는 커다란 화이트 드래곤 한 마리가 굵직한 쇠사슬에 묶인 채 끌려오고 있었던 것이다.

"읍읍읍읍!"

입에 재갈이 묶여 채 소리조차 내지 못한다. 그저 겁먹은 얼굴로 커다란 눈을 연신 굴릴 뿐이다.

"……."

넋 나간 디오그레스를 돌아보며 카르나크가 태연하게 웃었다.

"조금만 기다려요, 뼈 발라 드릴게."

역시나, 넋이 나간 세라티였다.

'어, 이건 예상 못 했는데…….'

세라티는 사슬에 묶인 새하얀 드래곤을 멍하니 바라보았다.

드래곤 랜드 최북단에 서식하며 눈과 얼음을 지배하는 용족, 화이트 드래곤이 분명했다.

'덩치를 보니 지성을 얻지는 못했겠네.'

드래곤은 짐승으로 태어나 성장을 마친 뒤 현자로 변화하는 존재다.

눈앞의 화이트 드래곤은 대략 20미터 정도 크기, 150년 정도 묵은 개체였다. 드래곤이 보통 지성을 얻는 건 200살 전후이니 아직 짐승 상태임이 분명했다.

물론 지성이 없다 해도 드래곤은 결코 만만한 존재가 아니다.

용마력을 지닌 육체는 그 자체로 강력한 무기이며 용의 숨결, 브레스 역시 어지간한 마법 이상의 위력을 지니고 있다.

눈앞의 이 화이트 드래곤만 해도 인간의 도시 한둘쯤은 홀로 괴멸시킬 수 있는 무시무시한 존재인 것이다.

'그런데 저 모양 저 꼴이라니…….'

어이없어하는 세라티 앞에 4명의 아크 리치가 사뿐히 내려섰다.

뼈만 남은 손가락에 쇠사슬을 쥔 채 카르나크 앞에 정중히 부복한다.

칼라프와 뎀피스가 차분히 보고를 올렸다.

"나의 주인이시여."

"명하신 바를 행했나이다."

반면 말로카는 살짝 당황한 상태였다.

"어떻게 찰리 씨가 여기 있습니까?"

"찰리?"

의아해하는 카르나크를 향해 데스테란이 대신 대꾸했다.

"아, 그거 내 가명이오."

"거 가명 한번 평범하게도 지으셨구만."

사정을 들은 말로카가 놀란 눈으로 데스테란을 돌아보았다.

"찰리 교우가 데스테란 경이었단 말입니까?"

"예. 정체를 속여서 죄송합니다."

데스테란은 태연했다.

원래 말로카는 황혼교 행사할 때 아크 리치의 본모습을 종종 드러내곤 했던 것이다. 예전에도 그녀의 진면목을 봤으니 놀랄 이유가 없지.

오히려 놀란 건 세라티 쪽이었다.

"어떻게 말로카 씨를 한 번에 알아보셨어요? 리치가 4명이나 되는데?"

황송하다는 듯 데스테란이 정중히 대답했다.

"그녀 혼자만 여성의 골격이니까요. 제 눈이 옹이구멍도 아닌데 그 정도는 보면 알지요."

그래서 세라티는 생각했다.

'역시 이 인간도 그쪽 과구나.'

카르나크, 바로스와 마찬가지로 정상인은 상종해선 안 되는 계열의 종사자.

그러는 동안 다른 아크 리치들도 신기해하며 데스테란을 이리저리 살피고 있었다.

"당신이 이 시대의 데스테란 경이라고?"

"살아 있을 땐 이렇게 생겼었군."

이번에는 데스테란의 표정도 바뀌었다.

'이 시대? 살아 있을 때? 대체 무슨 소리지?'

덕분에 분위기가 꽤나 어수선해진다.

"자, 자! 잡담은 나중에."

카르나크가 언성을 높여 분위기를 환기시켰다.

"지금은 이 드래곤부터 처리하자고."

그제야 정신이 든 세라티가 다급히 물었다.

"잠깐만요, 카르나크 님!"

"응? 왜?"

"이게 뭐예요?"

"말했잖아, 용 뼈 가져온다고."

확실히 드래곤 본은 너무 크고 무겁다. 도저히 사람 시켜서 들고 올 물건이 못 된다.

"하지만 자기가 직접 날아오면 아무 문제 없잖아?"

화이트 드래곤을 돌아보며 카르나크가 어깨를 으쓱였다.

"얘도 뼈 있어. 포장만 벗기면 돼."

묶여 있던 드래곤이 '포장'이란 단어에 민감하게 반응한다.

"읍읍!"

참으로 꿈자리 사나울 것 같은 소리였다.

애써 외면하며 세라티가 재차 말했다.

"언데드 드래곤으로 일으켜서 들고 온다는 소린 줄 알았죠."

"에이, 그럴 순 없지."

말도 안 된다며 카르나크가 손사래를 쳤다.

"하늘에 언데드 드래곤이 날아다니면 사람들이 얼마나 놀라겠어? 세라티, 너무 상식이 없는 것 아니야?"

순간 그녀는 울컥했다.

'지금 누가 누구에게 상식을 논해?'

하지만 틀린 말도 아니긴 했다.

언데드 드래곤이 사기 흩뿌리며 제스트라드 영지의 하늘을 날아온다? 온 세상 여신교 다 출동하겠지.

'그래, 틀린 말은 아닌데…….'

사슬에 묶인 채 촉촉한 눈동자를 데굴거리는 저 흰 드래곤을 보고 있자니 역시 이건 아니다 싶고…….

그저 재갈을 문 한 가련한 짐승의 미약한 신음만이 어둠 속을 울리고 있었다.

"꾸어엉!"

디오그레스는 계속 넋 나간 표정을 짓고 있었다.

"아크 리치라니……."

그것도 무려 4명이나 된다.

9서클의 마스터가 넷이라니, 디오그레스가 마법의 힘을 잃지 않았을 때도 결코 우습게 볼 수 없는 전력이었다.

'황혼교에 저 정도 마물들까지 존재했을 줄이야!'

역시 황혼교는 사교다.

지금이야 검은 신의 교단이라는 더 큰 적이 있으니 어쩔 수 없지만, 앞으로도 계속 손을 잡을 순 없다.

'그래도 일단은 힘을 되찾는 것이 급선무.'

애써 냉정을 되찾은 뒤 디오그레스가 침착하게 입을 열었다.

"용케 화이트 드래곤을 산 채로 잡아 왔군?"

침착을 가장하기 위해 던진 말이었는데, 생각해 보니 정말 신기하긴 했다.

"대체 어떻게 한 건가?"

드래곤과 어떻게 싸워 이겼냐는 질문은 아니었다.

사실 디오그레스도 마법만 멀쩡했으면 고룡 한둘쯤은 어렵지 않게 생포할 수 있다. 괜히 대마법사가 아니니까.

9서클의 마스터가 무려 넷인데 아직 지성조차 개화하지

않은 아성체 드래곤쯤이야 어렵지 않게 붙잡을 수 있었겠지.

신기한 건 저게 어떻게 여기까지 날아왔느냐였다.

"설마 드래곤 랜드에서 잡아 온 건 아닐 테고……."

작은 새도 아니고 무려 드래곤이다.

아무리 몰래 움직이려 해도, 대륙 끝에서 끝까지 날아오는데 그 와중에 들키지 않았을 리가 없다.

"혹시 드래곤 랜드 말고 7왕국에도 화이트 드래곤의 서식지가 있었나?"

디오그레스의 예상은 틀렸다.

"드래곤 랜드에서 잡아 온 겁니다."

"그 먼 거리에서 여기까지?"

"동서로 날아오면 당연히 멀겠죠."

카르나크가 어깨를 으쓱였다.

"아시잖습니까? 이 세상이 둥근 공의 형태라는 건."

"그거야 마법사의 상식이네만……."

세상이 평평하다고 믿던 시절도 있긴 했다. 아직 인간이 돌도끼 휘두르던 시절엔 말이지.

하지만 문명이 어느 정도 발전하면 세상이 둥글다는 사실을 모를 수가 없게 된다.

그냥 해안가 나가서 수평선 너머로 배 사라지는 것만 봐도 알 수 있는데?

굳이 마법사가 아니더라도 어느 정도 지리학적인 지식이

있는 자라면 다들 아는 사실이었다.

"그러니까 지도상으로는 멀어 보이겠지만……."

카르나크가 허공에 네모난 표시를 그리는 제스처를 취했다. 지도를 의미하는 듯했다.

그러더니 이를 손으로 마는 시늉을 한다.

"이 지도를 구 형태로 구현하면 어떻겠습니까?"

대륙을 옆으로 펼쳐 놓으면 7왕국과 드래곤 랜드가 위치한 대륙 극동은 정말 어마어마하게 멀다. 얼핏 세상 끝에서 끝처럼 보인다.

하지만 실제 공 형태의 세상에선?

유스틸 왕국 북쪽 브로큰 랜드와 극한의 대지, 드래곤 랜드 최북단까지를 일직선으로 그으면 의외로 가까운 것이다.

"과연."

이해한 디오그레스가 고개를 끄덕였다.

"북의 극단을 통과한 건가? 하지만 그곳은 극한의 추위로 인해 살아 있는 사람은 결코 지나갈 수 없을 텐데."

심지어 대마법사인 그조차도 저곳은 지나갈 수 없다.

아무리 10서클의 종사자라도 24시간 내내 쉬지도 않은 채 며칠씩 마법으로 자신을 보호할 순 없으니까.

카르나크도 동의했다.

"살아 있는 사람은 그렇죠."

확실히 살아 있는 사람은 없었다.

죽은 채 움직이는 시체 4구와, 원래부터 극한에서 살아가는 드래곤 한 마리가 있었을 뿐.

"허! 생각의 허점이었군."

납득한 디오그레스를 향해 카르나크가 오른손을 들었다.

"그럼 어쩔까요?"

섬뜩한 마력이 손가락 사이로 피어오른다.

"그냥 쓰실래요, 아니면 뼈 발라 드릴까요?"

디오그레스가 태연하게 대꾸했다.

"살아 있는 용에게서 용마력을 추출하는 건 조금 자신이 없군. 일단 토막을 쳐 주겠나?"

공포에 질린 드래곤이 다시 한번 처절하게 울부짖었다.

"꾸어어엉!"

그 모습에 세라티는 깨달았다.

디오그레스가 순간 넋이 나간 듯 보인 건 어디까지나 아크리치들 때문이었다는 것을.

'저 인간도 살아 있는 드래곤을 잡아 온 건 아무 문제가 없다고 여기는 거야?'

화이트 드래곤의 목줄을 붙잡고 있는 네 구의 해골들.

생드래곤 잡아 놓고 뼈 바를까 말까를 묻는 카르나크.

울부짖는 드래곤 앞에서 태연하게 토막 쳐 달라는 디오그레스 콜론.

그거 혹시 내가 잘라야 하냐는 듯한 표정을 짓고 있는 바로스에, 그냥 별생각 없어 보이는 데스테란까지.

　그 누구도 이 상황을 기이하게 여기지 않는다.

　오직 세라티를 제외하곤 말이지.

　'혹시 내가 이상한 거?'

　사실 따지고 보면 딱히 기이한 상황이라 할 순 없었다.

　상대는 인간이 아니라 드래곤이다.

　심지어 지성체가 아닌 짐승 상태의 아성체.

　저 화이트 드래곤을 죽이는 건 살인이 아니라 사냥에 가까
운 행위란 의미다.

　세라티 역시 사냥 경험 정도는 있었다.

　뿐만 아니라, 잡은 짐승의 피를 뽑고 가죽을 벗기는 일도
얼마든지 자연스럽게 해 왔다.

　그때 사냥한 사슴이나 토끼도 저 화이트 드래곤과 마찬가
지로 구슬프게 울고 있었지.

　그런데 드래곤이 죽는 건 안타깝고, 사슴이나 토끼가 죽는
건 괜찮은가?

　'그래, 따져 보면 딱히 카르나크 님이 틀렸다고 할 순 없는
데······.'

　그럼에도 무심코 세라티는 이렇게 묻고야 말았다.

"꼭 저 드래곤을 죽여야만 하나요?"

"응? 왜?"

카르나크가 의아해하는 눈으로 그녀를 돌아보았다.

자신 없는 목소리로 세라티가 말을 이었다.

"죽이지 않고도 용마력만 추출하거나 하는 방법은 없나 해서요."

"그거야 내가 대답할 수 없는 부분이지만⋯⋯."

용마력을 추출할 당사자는 디오그레스지 카르나크가 아니다.

당연히 저 답변도 그가 아닌 디오그레스가 해야겠지.

"그런데 왜 살려 두려고? 살려 두면 여러모로 골치 아플 텐데."

"왜요? 혹시 드래곤들이 구출하러 오거나 하나요?"

"에이, 그럴 일은 절대 없고."

드래곤들은 서로 간에 동족 의식이 존재하지 않는다.

"세라티 너, 에트리얼 왕국 사는 찰스 씨가 납치되었다는 소식을 들으면 그를 구하러 가고 싶어지냐?"

"그게 누군데요?"

"그게 바로 드래곤이 느끼는 감정이야."

"아⋯⋯."

그런 만큼, 드래곤을 해친다고 복수를 하거나 하는 일도 당연히 없다.

카르나크가 살려 두면 골치 아프다고 한 건 철저히 현실적인 문제였다.

"살려 둬 봐야 쓸데가 없잖아. 길들여서 타고 다닐 수 있는 것도 아닌데."

물론 아크 리치들은 저 화이트 드래곤을 타고 제스트라드 영지까지 왔다. 하지만 그게 더 편하게 왔다는 소리는 아니다.

쉬지 않고 계속 드래곤을 마력으로 제압하며 움직였으니, 그냥 맨몸으로 오는 것보다 몇 배나 권능 소모를 해야 했다.

"그렇다고 그냥 풀어 줄 수도 없고."

제스트라드의 창공에 화이트 드래곤이 울부짖으며 브레스를 뿜어 댄다? 썩 목가적인 풍경은 아닐 것이다.

"원래 살던 곳에 풀어 주라고 하기엔 쟤들이 너무 고생이지."

기껏 화이트 드래곤을 여기까지 끌고 온 아크 리치들에게, 저거 도로 챙겨 드래곤 랜드까지 돌아가라 하는 건 너무한 처사가 아닐까?

"그건 그렇죠."

세라티는 고개를 숙였다. 확실히 그녀가 생각해도 이건 너무 억지였다.

"그런데 왜 저 드래곤을 살리려고 그래?"

"그냥 좀 불쌍해서요."

"불쌍해? 뭐가?"

"그, 그게…….."

더듬거리는 세라티를 보며 카르나크는 신기해했다.

그녀가 자신을 말릴 땐 보통 이런 식이었다.

화내거나, 흥분하거나, 단호하게 욕을 해 대거나.

그리고 그 행위엔 모두 공통점이 있었다.

항상 확신이 있었다는 것.

설명을 할 수도 있고 못 할 수도 있지만, 어쨌건 카르나크가 인간쓰레기 짓을 했다는 확신은 항상 지니고 있었다.

이처럼 자신 없는 모습을 보인 경우는 처음이다.

"혹시 저 드래곤을 죽이면 사람답게 살지 않는 게 되나?"

"그건 아니에요."

"그럼 저걸 살려 두는 게 사람답게 사는 거라거나?"

"그것도 아니고요."

대답하며 세라티는 쓴웃음을 지었다.

정의나 선행, 사람답게 사는 것과는 아무 상관 없다. 그저 세라티 자신의 자기만족이 전부다.

"그냥 무시하세요. 제가 생각해도 앞뒤가 안 맞네요."

"그렇구만."

고개를 끄덕이더니 카르나크가 화이트 드래곤을 가리켰다.

"살려 보지, 뭐."

"네?"

"저 드래곤, 살려 보겠다고."

눈을 깜빡이며 세라티가 질문했다.

"먼저 말해 놓고 이렇게 묻는 것도 웃기긴 한데, 왜요?"

"세라티 네가 원하니까."

여전히 사람답게 사는 것에 대해선 감도 잡지 못한 그였다.

그럼에도 알게 된 점이 있다.

"가까운 사람은 챙기는 쪽이 인생이 편하다는 거. 내가 가깝게 지내는 사람이라곤 바로스랑 너 둘밖에 없는데, 이 정도는 할 수 있지. 별 대단한 일도 아니고."

세라티의 표정이 묘하게 바뀌었다.

"제가 카르나크 님과 가까운 사이였나요?"

"우리가 먼 사이던가?"

"그, 그건 아니지만요."

카르나크의 입가에 희미한 미소가 떠올랐다.

"그럼 가까운 거겠지."

카르나크는 디오그레스에게로 향했다. 그리고 정중히 물었다.

"혹시 드래곤을 살려 둔 채로 용마력을 흡수할 수 있습니까?"

의아해하며 디오그레스가 답했다.

"아까도 말했네만, 죽은 상태가 아니라면 자신이 없는데."

"그렇군요."

고개를 끄덕인 뒤 카르나크는 세라티 곁으로 돌아왔다. 그리고 태연히 말했다.

"안 된대."

그러더니 도로 마력의 칼을 갈기 시작한다.

"……잠깐만요, 이게 끝이에요?"

어이가 없어 세라티가 언성을 높였다.

"살려 보겠다면서요?"

"응. 그랬는데, 당사자가 안 된다잖아."

확실히 카르나크는 이렇게 말했다.

─별 대단한 일도 아니고.

정말로 대단한 일이 아니었던 것이다!

그냥 질문 한번 던져 보는 게 전부였으니까.

'내가 원해서라느니, 가까운 사람은 챙긴다더니 하더니 고작 이거?'

순간 울컥해서 속으로만 하던 욕이 세라티의 입 밖으로 새어 나왔다.

"이…… 끼!"

"이끼?"

"숲이 습해서 이끼가 많다구요."

"......?"

잽싸게 말을 돌린 뒤 그녀는 흥분을 가라앉혔다.

'그래, 저 인간에게 기대를 건 내가 잘못이지. 애초에 저런 인간인 줄 몰랐던 것도 아니고.'

처음부터 물어볼 대상이 틀렸다. 확인해야 할 건 카르나크가 아니라 디오그레스 콜론의 의중이었다.

카르나크는 버려두고 디오그레스에게로 향한다.

"어떻게 방법이 없을까요?"

디오그레스가 난처해하는 표정을 지었다.

"글쎄, 굳이 그럴 필요는......."

바로스며 다른 4대 장로들도 세라티의 태도가 이해 가지 않는다는 반응이었다.

"저게 강아지나 고양이도 아니고......."

"드래곤이잖소? 결코 인류에게 호의적이지 않은."

"살리려고 고집할 이유가 있습니까?"

그런데 전혀 예상도 못 한 곳에서 옹호가 들어왔다.

"드래곤을 살려야 하오!"

그것도 지나치게 과격하게.

"이는 틀림없는 세라칼 님의 신탁임이 분명할지니!"

오늘도 광신에 젖어 사는 데스테란이었다.

"성녀께서 왜 일면식도 없는 드래곤을 굳이 살리려 하시겠습니까? 이는 여신께서 그녀를 통해 당신의 뜻을 신도인 우리들에게 전하시는 것이 분명합니다!"

황혼교의 장로들, 템피스와 칼라프와 티라파트가 차례로 의아해했다.

[성녀?]

[세라티 경이?]

[어디 성녀인데?]

말로카만 난처해하며 뼈만 남은 손가락으로 두개골을 긁을 뿐.

[어, 어쩌다 보니 그렇게 됐어요, 나중에 따로 설명할게요.]

황당해하는 모두를 지나치며 데스테란이 디오그레스 앞에 섰다.

그러더니 잡아먹을 듯 눈을 부라리며 말한다.

"디오그레스 공, 당신은 미처 모르겠지만 이는 굉장히 중요한 일이라오. 정말 방법이 없는 거요?"

그 순간 디오그레스는 생각했다.

방법 없다고 하면 한 대 맞을지도 모르겠다고.

"잘 생각해 보니 아주 방법이 없는 건 아닌 것 같기도 하고……."

환하게 웃으며 데스테란이 안도의 한숨을 쉬었다.

"다행이군!"

카르나크나 바로스 등 다른 이들의 반응은 살피지도 않는다.

같은 황혼교이니, 반드시 자신과 같은 생각일 거라고 확신하는 모습이었다.

[상황이 이상하게 돌아가네요.]

어이없어하며 바로스가 전언을 보냈다.

[어쩔까요, 도련님?]

여기서 딴소리하면 성녀의 권위를 모독하느니 어쩌니 하면서 한바탕할 분위기다.

카르나크가 어깨를 으쓱였다.

[기다려 보자. 뭐, 아주 방법이 없진 않다잖아?]

물론 지금의 카르나크나 바로스가 데스테란을 제압 못 할 것은 없다. 실제로 한 번 하기도 했고.

[하지만 그렇게까지 해 가면서 꼭 저 드래곤을 죽여야 할 이유도 없지.]

[그건 그렇죠. 고생이야 디오그레스 저 양반이 하는 거지, 우리가 하는 것도 아니고.]

[정 방법 못 찾으면 그때 가서 뼈 발라 줘도 되는 거고 말이야.]

다들 시큰둥하게 넘겨 버렸다.

그저 생각지도 못한 고난이도 숙제를 떠안게 된 디오그레스만 머리에 쥐 날 지경이었다.

"산 채로 용마력을 빼내는 건 생각도 해 본 적 없는데. 이 걸 대체 어떻게 해야 하지?"

✳

원래 디오그레스의 계획은 용의 섬에서 준비했던 술법을 다시 한번 재현하는 것이었다.

그래서 제스트라드 영지 인근에 예의 '용마력 흡수 결계'를 다시 만들어 놓고, 내내 드래곤 본이 도착하기만을 기다리고 있었다.

그런데 드래곤을 죽일 수가 없게 되었다.

연구 자체를 처음부터 다시 해야 하게 생긴 것이다.

하루아침에 될 일이 아닌지라 시간을 좀 달라 청했다.

카르나크도 받아들이고 화이트 드래곤을 일단 안전한 장소로 옮겨 놓았다.

가사 상태로 만들어 동굴 깊숙한 곳에 가두어 놓은 뒤 아크 리치 4대 장로로 하여금 번갈아 감시하게 한 것이다.

"산 채로 날뛰면 아무래도 문제가 생길 테니까 말이지."

상황 설명을 해 준 뒤 카르나크가 세라티에게 물었다.

"이렇게까지 해 가면서 꼭 저 드래곤을 살려야 하는 거 야?"

덕분에 디오그레스도 4대 장로도, 예정에 없던 일을 추가로 해야 하게 생겼다.

미안해진 세라티가 어깨를 움츠렸다.

"이렇게까지 할 생각은 없었죠……."

솔직히 말하면 이제 와서라도 말을 번복하고 싶었다.

하지만 그럴 수도 없다.

이미 데스테란이 자신의 망상에 완전히 꽂혀 버렸거든.

—이는 필경 세라칼 님의 의지가 분명합니다! 그런데 과연 이 징조가 무엇을 의미하는 걸까요?

그래서 일단 이렇게 하기로 했다.

"디오그레스가 방법을 찾으면 좋은 거고, 아니면 사흘쯤 뒤에 세라티가 은근슬쩍 성녀 흉내 내면서 그냥 드래곤 토막 치라고 하면 되고."

"토, 토막이라니……."

"왜? 토막 치는 거 맞잖아?"

"맞긴 한데, 누누이 말하지만 말이라도 좀 곱게 하자고요."

다행히 저 화이트 드래곤에게는 운이 따랐다.

괜히 대마법사가 아니었는지, 사흘 뒤 디오그레스가 정말로 방법을 찾아낸 것이다.

카르나크도 놀랄 정도로 빠른 결과였다.

"벌써 연구가 끝나신 겁니까?"

"그건 아닐세. 이제 와서 처음부터 산 채로 용마력 흡수하는 방법 찾으려면 몇 달은 걸리겠지."

"그럼 무슨 방법을 찾았다는 겁니까?"

"이미 해답이 있다는 걸 깨달았다네."

현재 화이트 드래곤은 가사 상태로 봉인되어 있다.

그렇다.

'가사 상태'였다.

"이 역시 어떤 의미에선 죽은 상태가 아닌가? 그렇다면 완전히 새롭게 술식을 짤 게 아니라, 기존의 술식을 조금만 변형해도 되겠더라고."

누가 마법사 아니랄까 봐 카르나크도 바로 호기심을 드러냈다.

"어떻게 바꿨는데요?"

"이렇게."

술식을 살펴본 카르나크가 고개를 끄덕였다.

확실히 이 방식이라면 가사 상태로 용마력을 뽑아낸 뒤 화이트 드래곤을 가사 상태에서 풀 수 있게 된다.

"하지만 꽤나 위험한 방식이군요. 용마력 흡수량 조절이 조금만 어긋나도, 드래곤도 함께 죽을 텐데요?"

너무 많이 빼내면 용이 그대로 죽는다.

그렇다고 너무 적게 빼내면 봉인을 풀 만큼의 용마력이 모이지 않지.

저 아슬아슬한 경계선을 외줄타기하듯 넘어야 하는데, 이건 실로 수백 장의 카드로 탑을 쌓는 수준의 정교한 마나 컨트롤이 요구되는 것이다.

다만 디오그레스에겐 이쯤은 별일 아닌 듯했다.

"명색이 대마법사가 이 정도도 못해서야 쓰나?"

살려 준 다음의 뒤처리도 대강 해결됐다.

생각해 보면 굳이 저 화이트 드래곤을 풀어 주려 드래곤 랜드까지 갈 필요는 없었다.

아직 지성이 발달하지 않은 개체이니 본능을 따를 가능성이 높다. 그렇다면 자유의 몸이 될 경우 알아서 드래곤 랜드까지 귀환할 것이다.

"우린 그냥 저 북쪽, 몬스터들이 사는 곳에 풀어 주기만 하면 된다 이거지."

그렇게 또다시 일정이 잡혔다.

장소는 당연하게도 데벤토르 자작령 인근의 인적 없는 숲 속.

디오그레스가 이틀에 걸쳐 새로 구축한 결계를 숲 공터에 펼쳤다. 다른 일행도 나무를 베거나 바위 등을 치우며 그를 도왔다.

마침내 모든 준비가 끝났다.

화이트 드래곤을 붙잡아 온 지 1주일째 되는 날의 밤이었
다.

사방이 어둠으로 휩싸인 깊은 숲속.

숲의 커다란 공터 한가운데에 화이트 드래곤이 사슬에 묶
인 채 엎드려 있었다.

"의식을 시작하겠네."

디오그레스가 마력을 끌어 올리며 영창을 시작했다.

"혼돈에 속한 자, 섭리의 바깥에서 맴돌며 어루만질지
니……."

빛이 피어올라 오묘한 마법진을 펼쳤다. 무려 72중으로 겹
치고 또 겹쳐진 어마어마한 난이도의 마법 결계였다.

지켜보던 4대 장로들이 그 솜씨에 감탄을 흘렸다.

"역시 디오그레스 공……."

"죽었을 때도 대단했지만……."

"살아 있을 때도 장난이 아니구려."

어째 뉘앙스가 영 이상하다.

'죽었을 때는 뭐고, 살아 있을 때는 또 뭐여?'

하지만 디오그레스는 일단 무시했다. 지금은 힘을 되찾는
데 집중해야 할 때였다.

"그릇된 것으로 바르지 못한 것을 부술지어다……."

72개의 빛의 마법진이 서로 얽히며 어지럽게 돌아가기 시작했다.

점점 더 마력이 증폭되며 화이트 드래곤의 주위를 빙빙 돌았다.

마지막 시동어가 발동되었다.

"일어나라! 용이 지닌 혼돈의 기운이여!"

쿠우우우웅!

순간 이 일대가 희미하게 진동했다.

산속이라 그런지 용의 섬에서처럼 지진이 일어나진 않는다. 그럼에도 숲 전체가 흔들리며 날짐승들이 놀라 날아오른다.

동시에 푸른 빛이 화이트 드래곤으로부터 빠져나와 디오그레스에게로 향했다.

파아아아앗!

빛이 그의 전신을 휘감으며 차분히 스며든다.

그렇게 얼마나 지났을까?

'봉인이…… 풀렸다!'

50대 사내의 표정에 희열이 떠올랐다.

드디어 본신의 마법을 되찾게 되었다!

전신에 충분한 마력을 느끼며 디오그레스가 모두를 돌아보았다.

"다들 고맙네. 덕분에 일이 잘 풀렸어."

당당하고 자신감이 넘치는, 일견 오만해 보이기까지 하는 표정.

아마도 저것이 여명탑주 디오그레스 콜론의 진짜 모습이리라.

카르나크가 정중히 인사를 건넸다.

"축하드립니다. 다시 대마법사가 되셨군요."

"아직 갈 길이 멀지만 말일세."

여명탑도 되찾아야 하고, 엘레자르와 드렐타인에게도 빚을 갚아 주어야 한다.

"그래도 이 정도면 꽤 잘하지 않았나? 드래곤도 무사하고 말이야."

빙그레 웃으며 디오그레스가 세라티와 화이트 드래곤을 번갈아 볼 때였다.

"으잉?"

순간 디오그레스의 안색이 굳었다.

그뿐만이 아니었다.

카르나크와 세라티, 바로스와 데스테란에 4대 장로까지.

이 자리에 있는 모든 이들이 순간 멍한 표정을 지었다.

"엥?"

"저게 무슨?"

"어머?"

72중으로 펼쳐 놓은 장대한 용마력 흡수 결계.

그 중앙에 더 이상 20미터에 달하는 거대한 화이트 드래곤은 존재하지 않았다.

대신 강아지만 한 크기의 새하얀 새끼 용 하나가 바닥에 찰싹 엎드린 채 얄팍한 날개를 팔랑거리고 있을 뿐.

"꾸우웅……."

희미하게 신음을 흘리는 것이, 아마도 용마력을 빼앗긴 충격으로 정신을 차린 듯했다.

멍한 얼굴로 세라티가 물었다.

"혹시 용마력을 뽑으면 드래곤이 작아지나요?"

이 자리에 모인 이들은 결코 평범하지 않다.

9서클의 마스터가 넷이나 있고, 10서클의 대마법사도 있으며, 한때 신과 같은 위치에까지 오른 전 사령왕도 계신다.

이들 모두가 입을 모아 손을 저었다.

"아니!"

"그럴 리가요!"

"금시초문이오만?"

이들이 드래곤의 생태에 대해 모를 리 없었다. 결코 일반적인 현상은 아니란 증거였다.

"그럼 저건 왜 저렇게 작아진 건데요?"

이어진 세라티의 의문에 모두가 눈을 껌벅였다.

"그러게."

"이게 대체 무슨 괴사지?"

그 와중에 데스테란만이 목청을 높여 외치고 있었다.

"찬미하나이다, 세라칼이시여! 당신께서 이 땅에 내리신 기적! 틀림없이 보았나이다!"

묶여 있던 화이트 드래곤은 무려 20미터가 넘는 크기였다.

그게 갑자기 강아지 사이즈가 되었으니 당연하게 사슬도 저절로 풀려 버렸다.

자유로워진 흰 드래곤이 뽈뽈거리며 세라티에게 날아왔다.

파닥파닥…….

지성은 없어도 눈치는 있는 건지, 그녀만이 이 자리에서 유일하게 믿을 수 있는 인간임을 깨달은 듯했다.

작디작은 새끼 용이 슬쩍 발치를 비비며 사람들 시선으로부터 몸을 숨긴다.

세라티는 무심코 웃었다.

'어머, 귀여워라.'

그래, 귀엽긴 귀여운데…….

'이게 대체 무슨 일이지?'

반응을 보아하니 드래곤이 이렇게 작아지는 건 결코 있을 수 없는 일인 모양이다.

다들 경악한 얼굴로 이 미지의 사태에 대한 해명을 찾느라 정신없이 머리를 굴리고 있었으니까.

"왜 이런 일이 벌어진 것 같소, 칼라프 공? 드래곤의 생태에 대해선 그대가 제일 잘 알잖소?"

"전혀 모르겠군. 짐작 가는 부분이 없소이다."

"디오그레스 공께선?"

"마찬가지라오. 내가 아는 모든 마학 이론을 떠올려 봤지만 말이 안 되는데, 이건."

모두 혼란에 빠져 있었다.

확고한 답을 가지고 있는 데스테란만 빼고.

"이것이야말로 여신의 기적! 틀림없는 황혼의 징조!"

물론 확고한 답이라 해서 정답이란 소린 아니다.

급조해 만든 사교에, 존재하지도 않는 여신을 갖다 붙였을 뿐인데 기적이 일어날 리가?

하지만 진실을 모르는 디오그레스에겐 꽤나 그럴듯한 가설로 보이는 모양이었다.

그가 세라티에게 다가오며 입을 열었다.

"사실 난 그동안 황혼교나 황혼의 여신을 딱히 믿지 않았네만, 이런 걸 본 이상 아주 부인할 수만도 없겠군."

그녀 발치의 드래곤을 힐끔거리며 은근히 묻는다.

"혹시 성녀께서 무슨 짓을 하신 것인가?"

진심을 담아 세라티가 대답했다.

"아무 짓도 안 했는데요."

그 진심은 디오그레스에게도 확실히 전해졌다.

"그렇군."

다시 발치의 드래곤을 보며 고개를 끄덕인다.

"본인은 모른다 이거지."

"아니, 그게 아니고요……."

재차 부인했지만 디오그레스는 이미 반쯤 세라티 짓이라고 결론 내린 듯했다.

아무리 부인하려 해도, 상황이 너무 그럴듯한 것이다.

그녀가 살린 드래곤이, 결코 있을 수 없는 모습으로 바뀌어, 그녀의 발에 엎드려 있는데?

심지어 카르나크조차도 미심쩍은 눈빛으로 전언을 걸고 있었다.

[정말 세라티 너랑 상관없는 거 맞아? 혹시 저 위에서 뭔가 평소 안 들리던 게 들린다거나…….]

[상관이 있을 리가 없잖아요! 다른 사람도 아니고 카르나크 님이 그런 소릴 하면 안 되죠!]

[그건 그런데, 세라티가 내내 드래곤 살리자고 고집 피운 건 사실이잖아.]

[그건 별로 특이한 일도 아니거든요!]

딱히 생명은 소중한 것이니 절대 죽여선 안 된다고 한 것도 아니다.

그냥 불필요한 살생은 되도록 피하는 게 어떠냐고 한 정도다.

저 드래곤이 사람에게 피해를 줬다거나, 혹은 용의 고기나 비늘을 노리고 일부러 사냥한 것이라면 그녀도 아무 말 하지 않았을 것이다.

[뼈를 노렸다고는 하지만 진짜 목적은 용마력인데 굳이 죽일 필요까진 없잖아요! 제가 아니더라도 보통 사람들은 이렇게 생각했을걸요.]

[그런가?]

카르나크는 잠시 의아해했다.

20미터짜리 드래곤이 묶여 있는 걸 보면서 불쌍하다고 살려 주자고 하는 게 정말 보통 사람의 감성인가?

[그, 그건, 주위에 워낙 괴물들이 많아서 아성체 드래곤 정도는 별 느낌이 없었달까…….]

그러는 동안에도 아크 리치들과 디오그레스는 지닌 지식을 총동원해 온갖 가설을 주워섬기며 열띤 토론을 이어 가고 있었다.

아는 게 많다 보니 그냥 넘어갈 수가 없는 것이다.

머리에 든 게 없는 바로스만 토론에서 자유로웠다.

그래서 그는 당면한 진짜 문제점을 모두에게 짚어 줄 수 있었다.

"일단 저택으로 돌아갑시다. 이렇게 달밤에 모여 앉아 떠들어 봐야 답이 나오는 것도 아니잖습니까?"

✳

볼일을 마친 아크 리치들은 곧바로 제스트라드 영지를 떠났다. 언데드가 사람 사는 곳에 오래 얼쩡대서 좋을 일은 없으니까.

카르나크 일행도 디오그레스, 데스테란과 함께 저택으로 귀환했다.

다음 날 아침, 평소처럼 눈을 뜬 라피셀과 밀리아는 당황했다.

세라티 곁에 못 보던 게 하나 붙어 있었다.

"이거, 새끼 드래곤이에요?"

"이게 왜 여기 있어요?"

아직 어린 두 사람이지만, 용족이 드래곤 랜드를 벗어나지 않는다는 상식 정도는 알고 있었다.

딱히 숨길 필요도 없어 카르나크는 사실대로 이야기해 주었다.

"디오그레스 공이 마법을 되찾기 위해 용마력이 필요하다는 건 알지?"

"네."

"그래서 부하들 시켜서 용마력 흡수할 드래곤을 한 마리

잡아 왔거든. 일 자체는 잘 풀렸는데, 용마력을 흡수당한 드래곤이 이렇게 작아졌다."

분명히 사실만을 말하긴 했다. 진실을 말하질 않아서 그렇지.

그래서 라피셀은 생각했다.

'간밤에 또 킹스 오더 비밀 작전이 있었나 보네?'

드래곤이 작아진 것에 대해선 원래 그런 거려니 하고 넘겼다.

뭘 아는 게 있어야 수상함도 느끼지?

그냥 디오그레스가 힘을 되찾았다니, 참 잘됐다고 생각할 뿐이었다.

"그럼 이 새끼 용은 이제 어떻게 되나요? 혹시 카르나크 님이 키우시나요?"

"정확히는 내가 아니라……."

카르나크가 세라티를 가리켰다.

"쟤가 키우게 됐어."

새끼 용은 여전히 무슨 어미라도 되는 듯 그녀 곁을 떠나지 않고 있었다.

"내가 가까이 가면 어째 무서워하더라고."

카르나크의 불만에 세라티가 실소했다.

"당연한 것 아닐까요?"

산 채로 뼈 바르려던 놈에게 호의를 느낄 생명체는 그리

많지 않으리라 본다.

　신기해하며 라피셀과 밀리아는 새끼 용 근처로 다가갔다.
드래곤을 이렇게 가까이서 볼 일은 사실 거의 없는 것이다.

　"덩치가 크면 좀 무섭겠지만……."

　"역시 새끼 동물은 뭐든지 귀엽네요."

　새끼 용이 밀리아와 라피셀을 경계하며 으르렁댄다.

　"크르르르……."

　세라티가 엄하게 훈계했다.

　"안 돼, 플로케!"

　과연 그녀의 말은 잘 듣는 건지 고개를 숙이며 눈치를 보
기 시작한다.

　밀리아가 고개를 갸웃거렸다.

　"플로케?"

　"응, 얘 이름이야."

　"좀 안 어울리지 않아요? 무슨 개나 고양이도 아니고."

　플로케라면 눈송이, 혹은 털 뭉치라는 의미.

　비늘 덮인 드래곤에게 붙일 이름은 아니지 않을까?

　"이유가 있어."

　세라티가 빙그레 웃으며 품속에서 작은 보석 하나를 꺼냈
다. 그리고 새끼 용을 가리키며 뭔가를 중얼거렸다.

　"환영의 술, 발동."

　펑!

새끼 용이 하얗고 복슬복슬한 다른 생물체로 변했다.

라피셀의 눈이 동그래졌다.

"앗! 고양이!"

⋯⋇⋯

느닷없는 이 드래곤 회춘(?) 사태에 카르나크는 고민했다.

"이거 어쩌지?"

원래는 용마력만 빨아먹고 대충 제스트라드 영지 북쪽 몬스터 서식지에 풀어 줄 생각이었다.

그럼 드래곤이 알아서 몬스터 잡아먹어 가며 원기 보충해서 고향 땅 돌아갈 테니까.

그런데 새끼 용이 되어 버렸다.

영지 북쪽에 풀어 주었다간 몬스터가 원기 보충하게 생긴 것이다.

드래곤 랜드야 용의 고향이니 새끼 용이라도 본능적으로 생존할 수 있다. 애초에 이 화이트 드래곤도 그런 시절을 거쳐서 아성체까지 성장한 것이니까.

하지만 전혀 다른 장소에 풀어놓고 알아서 크길 기대하는 건 너무한 처사다.

세라티가 의견을 냈다.

"직접 드래곤 랜드에 풀어 주면 안 돼요?"

"걔들을 또 거기까지 보내라고? 일이 너무 밀릴 텐데."

안 그래도 황혼교 일 하느라 눈코 뜰 새 없이 바쁜 4대 장로를 일부러 드래곤 랜드까지 다녀오게 했다.

"다들 밀릴 대로 밀린 뒤처리 하느라 정신이 없을 텐데 또 부려 먹기는 좀 그렇지."

그렇다고 카르나크 일행이 직접 가기엔 멀어도 너무 멀다. 살아 있는 인간은 북쪽 루트를 사용할 수 없으니까.

무엇보다, 카르나크의 진짜 속내는 따로 있었다.

"왜 이런 일이 일어났는지 옆에 두고 연구해 보고 싶다."

"설마 해부하려는 건 아니죠?"

"날 뭘로 보는 거야?"

"하긴, 아무리 카르나크 님이라도 그렇게까진……."

"샘플이 하나밖에 없는데 대뜸 해부부터 할 리가 없잖아! 하려면 최대한 연구 성과 다 뽑아 먹고 해야지."

"언젠가 하긴 한다는 거예요?"

"필요하면?"

카르나크의 말에 새삼 각오를 다지는 세라티였다.

'절대 말려야지. 꼭 말려야지. 무조건 말려야지.'

하지만 곁에 둔다 해도 문제는 여전히 남아 있었다.

일단 제스트라드 저택에서 키울 순 없다.

카르나크 일행이 계속 저택에 머무르는 것도 아니고 오히려 나돌아 다니는 시간이 더 긴데, 노집사와 시중인들에게만 새끼 용을 맡긴다?

"진짜 새끼 용이면 그래도 되겠지만, 저거 원래는 아성체 드래곤이잖아."

알 수 없는 이유로 작아진 놈이었다.

알 수 없는 이유로 도로 커지지 않을 거란 보장이 어디 있단 말인가?

"자칫하면 제스트라드 영지가 잿더미가 되겠네요."

"잿더미는 아니고 빙설 지옥이 되겠지. 화이트 드래곤이니까."

그렇다고 직접 데리고 다니자니 사람들 시선을 엄청나게 끌 것이 뻔했다.

불필요한 화젯거리가 되고 싶은 생각은 전혀 없는 카르나크였다.

"고민이네. 이거 어쩌지?"

이 문제를 해결해 준 건 대마법사로 돌아온 디오그레스 콜론이었다.

의외로 그는 카르나크와 달리 새끼 용 연구에 별 미련을 보이지 않았다. 눈앞에 더 큰 일들이 산재해 있으니 그럴 만도 했다.

"새끼 용이 걱정이신가?"

빙그레 웃더니 아주 간단히 문제를 해결해 버렸다.

"그럼 새끼 용이 아니면 되겠군."

환영 마법을 걸어 겉모습만 새하얀 고양이로 바꾼 것이다.

카르나크가 주로 쓰는 환각 계열이 아니라 빛의 마법을 이용해 실제 형태를 덧씌우는 방식이었다. 모두의 눈에 동일하게 보인다는 의미였다.

"울음소리도 변성 마법으로 바꾸면 그만이고."

크르르가 냐웅이 되었다.

"그런데 날아다니는 것까진 마법으로 어쩌지 못하겠군. 날개를 자르는 건 좀 그렇지?"

허공을 둥둥 떠다니는 흰 고양이를 보며 디오그레스가 섬뜩한 소릴 했다. 재빨리 세라티가 끼어들었다.

"그건 제가 처리할게요!"

두꺼운 천을 오려 몸통 가리개를 만든 뒤 새끼 용에게 입혀 날개를 통째로 덮은 것이다.

처음엔 새끼 용도 어색해했지만 금방 적응했다. 세라티가 한 일이니 그냥 별생각 없이 따르는 듯했다.

"이렇게까지 하니 정말 고양이 같네요. 그런데 왜 하필 고양이예요? 개로 해도 되는데."

"개의 경우에는 의심을 받을 수도 있으니까 말일세."

생긴 것은 개인데, 마치 드래곤 같은 행동을 한다?

"어떤가? 살짝 어색하지?"

"네."

그렇다면, 생긴 것은 고양이인데 마치 드래곤 같은 행동을 하는 경우라면?

"아, 평범한 고양이네요."

원체 고양이는 종잡을 수 없는 동물이다 보니 뭔 짓을 해도 딱히 수상해 보이지 않는 것이다.

"물론 내내 모습을 바꾸고 있으면 답답해할 테니 가끔은 본모습으로 돌아가게 해 줘야지. 이걸 받게."

"뭔데요, 이건?"

"환영술 부여 아이템."

과연 대마법사는 대마법사였다.

힘을 되찾자마자 대충 지니고 있던 보석을 이용, 뚝딱뚝딱 매직 아이템을 만들어 버린 것이다.

다른 마법사들이 보았다면 기겁할 일을 쉽게도 해 버리며 디오그레스는 태연히 웃었다.

"적당히 이름이나 지어 주게. 그게 데리고 다니기 편하겠지."

꽃

도중에 살짝 이해할 수 없는 일이 벌어지긴 했지만, 어쨌든 디오그레스 콜론이 힘을 되찾았다.

10서클의 대마법사가 아군이 되었다는 소리다.

"황혼교나 사령술을 긍정한다는 건 아닐세. 하지만 나도 은혜를 모르는 인간은 아니지."

차후엔 어찌 될지 몰라도 당장은 황혼교와 척질 생각이 전혀 없는 디오그레스였다.

검은 신의 교단이라는 더 큰 적이 있으니까.

"용마력을 이용해 봉인을 푸는 과정에서 엘레자르의 마법에 대항하는 법도 익혔으니, 예전처럼 어이없게 당하진 않을걸세."

게다가 실버 나이트 데스테란과 서치 블랙이라는 부수입(?)까지 따라왔다. 전력이 대폭 증가한 것이다.

여기에 늘어난 황혼교의 세력을 더하고, 스트라우스 가문의 영향력에 7왕국 전역에 퍼진 카르나크의 명성이며 7여신교의 인맥까지 계산하면?

"대충 각이 나오는구만."

카르나크의 입가에 짙은 미소가 떠올랐다.

"슬슬 본격적으로 테스라낙네 애들이랑 붙어도 되겠어."

다음 권으로 이어집니다